I0451900

GRAZIA DELEDDA

As indecisões de Elias Portòlu

(Elias Portolu)

Romance

tradução de Rafael Ferreira da Silva

NOR

Na capa: Giuseppe Biasi, *Noiva de Nule*, óleo sobre tela (1918).

Revisão do texto de Thaís Helena Cavalcanti.

Série "Le Grazie"

PoD Edition

Tìtulu orighinàriu: *Elias Portolu* (Treves, 1900).
Tradutzione dae s'italianu de Rafael Ferreira da Silva.

GRAZIA DELEDDA
As indecisões de Elias Portòlu
ISBN **978-88-3309-044-3**

Copyright © 2018 NOR: totu sos diritos sunt riservados.

Editziones NOR, carrera Lombardia 11, I-09074 Ilartzi (Aristanis), Sardigna.
www.nor-web.eu – info@nor-web.eu

Apresentação

O início do século XX é um momento crucial para a vida de Grazia Deledda. Havia há pouco se transferido para Roma após o seu casamento com o alto funcionário público Palmiro Madesani.

A dificuldade da sua estreia como escritora, entre folhetins e estudos sobre o folclore sardo, já havia passado e havia sido premiada pela avaliação da crítica por *La via del male* (1896).

O desejado afastamento da ilha, que continua, porém, sempre no centro da sua narrativa, fará com que ela componha as suas obras mais famosas, com o ritmo de quase um romance ao ano.

Em 1900, *As indecisões de Elias Portòlu* foi publicado pela primeira vez por partes na "Nuova Antologia", prestigiosa revista literária que recebeu em suas páginas obras como *Mastro don Gesualdo* e *O falecido Mattia Pascal*. Três anos depois, concomitante à publicação de *Cinzas*, a escritora de Nuoro realiza uma primeira revisão do texto para o lançamento em livro pela editora Roux e Viarengo, de Turim. No mesmo ano, foi lançada a tradução para o francês por Georges Hérelle (tradutor de Gabriele D'Annunzio, dentre outros), que compara a obra de Deledda à de Verga. A sua boa fama será determinante para o sucesso da escritora sarda na França.

Com romances como *L'edera* (1908) e *Caniços ao vento* (1913), a narrativa deleddiana atinge o seu ápice, e então, em 1917, *As indecisões de Elias Portòlu* é submetido a uma nova revisão para a publicação de Treves, o editor que já tinha recebido um bom número de romances da escritora de Nuoro e ostentava em seu catálogo autores como D'Annunzio, Verga e Pirandello.

A estrutura de *As indecisões de Elias Portòlu* permanece a mesma, mas os linguistas evidenciam o intenso trabalho de revisão, fruto da já alcançada maturação linguística.

AS INDECISÕES
DE ELIAS PORTÒLU

I

Dias felizes se aproximavam para a família Portòlu, de Nuoro. Nos últimos dias de abril, retornaria o filho Elias, que cumpria pena em uma penitenciária do continente; depois se casaria Pietro, o mais velho dos três jovens Portòlu.

Preparava-se uma espécie de festa: a casa estava recém-pintada, o vinho e o pão prontos[1]; parecia que Elias estava retornando dos estudos, e era com um certo orgulho que os parentes, acabada a sua desgraça, esperavam-no.

Finalmente chegou o dia tão esperado, especialmente por dona Anninha, *a zia* Annedda, a mãe, uma senhorinha plácida, branca, um pouco surda, que amava Elias mais do que todos os seus filhos. Pietro, que era agricultor, Mattia e *zio*[2] Berte, o pai, que eram pastores de ovelhas, retornaram do campo.

Os dois jovens eram muito parecidos; baixos, robustos, barbudos, com o rosto bronzeado e com longos cabelos negros. *Zio* Berte Portòlu, a velha raposa, como o chamavam, também era de baixa estatura, com uma cabeleira negra emaranhada que lhe caía até os olhos vermelhos doentes e as orelhas, indo se confundir com a longa barba negra não menos emaranhada. Vestia uma roupa bem suja, com um longo colete preto sem mangas, de couro de carneiro forrado de lã; e no meio de todo aquele couro preto viam-se só duas mãos enormes de um vermelho bronzeado, e no rosto um grande nariz igualmente vermelho bronzeado.

Para a ocasião solene, porém, *zio* Portòlu lavou as mãos e o rosto, pediu um pouco de azeite de oliva a *zia* Annedda, e untou bem os cabelos, depois os desembaraçou com um pente de madeira, gritando por causa da dor que isto lhe causava.

---

1) Nota do Tradutor (NdT): Em muitas localidades da Sardenha, é feito o pane carasau, um pão fino e crocante de longa validade, chamado em italiano de carta musica [papel música], devido à espessura e ao ruído da mastigação.

2) Na Sardenha, os títulos zio e zia são usados para as pessoas mais velhas, como Seu e Dona, em português brasileiro. (NdT)

– Que o diabo o penteie – dizia ao seu cabelo, torcendo a cabeça. – Nem mesmo a lã das ovelhas é tão embaraçada!

Quando terminou de desembaraçar, *zio* Portòlu começou a fazer uma trancinha do lado direito, outra do lado esquerdo, uma terceira abaixo da orelha direita, uma quarta abaixo da orelha esquerda. Depois untou e penteou a barba.

– Faça mais outras duas! – disse Pietro, rindo.

– Não vê que estou parecendo um noivo? – gritou *zio* Portòlu. E ele riu também. Tinha um riso característico, forçado, sem mexer um pelo da barba.

Zia Annedda resmungou alguma coisa, porque ela não gostava que os seus filhos faltassem ao respeito com o pai; mas ele olhou para ela com desaprovação e disse: – O que você está dizendo? Deixa os meninos rirem; está na hora de eles se divertirem; nós já nos divertimos.

Então deu a hora da chegada de Elias. Vieram alguns parentes e um irmão da noiva de Pietro, e todos foram para a estação. *Zia* Annedda ficou sozinha em casa, com o gatinho e as galinhas. A casa, com um pátio interno, dava para uma descida íngreme que ia até a estradinha: atrás da cerca viva desse caminho, estendiam-se jardins que davam para o vale. Pareciam estar no campo: uma árvore estendia os seus galhos por cima da cerca viva, dando à passagem um ar pitoresco: o granítico monte Ortobene e as montanhas azuladas de Oliena fechavam o horizonte.

Zia Annedda tinha nascido e envelhecido ali, naquele cantinho cheio de ar puro, e talvez por isso tivesse permanecido sempre simples e pura como uma criatura de sete anos. Além disso, toda a vizinhança era de gente honesta, de meninas que frequentavam a igreja, de famílias de costumes simples.

Zia Annedda ia de vez em quando até o portão aberto, olhava para um lado e para o outro, depois entrava novamente. Até as vizinhas esperavam o retorno do prisioneiro, em pé nas suas portinhas ou sentadas nas rústicas cadeiras de pedra apoiadas ao muro: o gato de *zia* Annedda contemplava da janela.

E então ouviu-se um som de vozes e de passos ao longe. Uma vizinha atravessou correndo a estradinha e colocou a cabeça para dentro da casa de *zia* Annedda.

– Olhem! Estão aqui! – gritou.

A senhorinha saiu trêmula, mais branca do que o comum; logo depois, um grupo de moradores apareceu no caminho e Elias, muito comovido, correu para a sua mãe, inclinou-se e abraçou-a.

– A próxima só daqui a cem anos, só daqui a cem anos... – sussurrava *zia* Annedda chorando.

Elias era alto e magro, com o rosto branquíssimo, delicado, sem barba; tinha o cabelo preto raspado, os olhos azuis esverdeados. O longo tempo na prisão tinha deixado as suas mãos e a sua face brancas.

Todas as vizinhas amontoaram-se ao redor dele, empurrando os outros moradores, e apertaram-lhe a mão, desejando-lhe: – Uma desgraça assim só daqui a cem anos.

– Se Deus quiser! – ele respondia.

Depois disso, entraram em casa. O gato, que com o aproximar-se da multidão tinha se retirado da janela, chegando até a escadinha externa saltou apavorado, correu para lá e para cá e foi se esconder.

– Bichano, bichano, – começou a gritar *zio* Portòlu, – que bicho o mordeu, nunca viu um cristão? Ou somos assassinos e até os gatos estão fugindo? Somos gente honesta, somos cavalheiros!

A velha raposa estava com uma grande vontade de gritar, de conversar, e dizia coisas sem sentido.

Quando todos se sentaram na cozinha, enquanto *zia* Annedda servia as bebidas, *zio* Portòlu começou a conversar com o seu parente Jacu Farre, um homem bonito, rosado e gordo que respirava lentamente, e não o deixou mais em paz.

– Veja, – gritava-lhe, puxando-lhe a barra do casaco e apontando para os seus filhos, – está vendo os meus filhos? Três pombos inocentes! E fortes, viu? Saudáveis e bonitos! Está vendo um ao lado do outro, está vendo? Agora que Elias voltou seremos como quatro leões; não nos tocará nem mesmo uma mosca. Eu também, você sabe, eu também sou forte; não me olhe assim, Jacu Farre, eu não estou nem aí para você, entende? Meu filho Mattia é a minha mão direita; agora Elias será a minha esquerda. E Pietro, o pequeno Pietro, meu Pietrinho? Não o está vendo? É um tesouro!

Semeou dez quartos de cevada, oito de trigo e dois quartos de fava: Se ele quiser se casar, pode manter bem a mulher! Não lhe faltará a colheita. É um tesouro, meu Pietrinho. Ah, os meus filhos! Igual aos meus filhos não há ninguém em Nuoro.

– Hum! – disse o outro quase sem abrir a boca.

– Hum! O que você quer dizer com esse seu "hum", Jacu Fà? Estou falando alguma mentira? Mostre-me outros três jovens como os meus filhos, honestos, trabalhadores, fortes. Eles são homens de verdade, homens de verdade!

– E quem está dizendo que são mulheres?

– Mulheres, mulheres! Mulher vai ser você, barriga de gaveta, – gritou *zio* Portòlu, apertando com as suas mãos grossas a barriga do parente, – Você, não os meus filhos! Não os está vendo? – prosseguiu, virando-se com adoração para os três jovens. – Não está vendo? Você está cego? Três pombos...

Zia Annedda aproximou-se com o copo em uma mão e a jarra na outra. Encheu o copo e deu-o a Farre, e Farre entregou-o educadamente a *zio* Portòlu. E *zio* Portòlu bebeu.

– Bebamos! À saúde de todos! E você, minha esposa, minha mulher, não tenha mais medo de nada: seremos como leões agora! Nem mesmo uma mosca nos tocará.

– Está bem! Está bem! – ela respondeu.

Colocou bebida para Farre e passou adiante. *Zio* Portòlu seguiu-a com os olhos, depois disse, tocando a orelha direita com um dedo: – Está fraca... aqui; não ouve bem, enfim, mas uma mulher! Uma boa mulher! Faz o que tem que fazer, e mais do que isso! É uma mulher de consciência! Ah, igual a ela...

– Não há outra em Nuoro!

– É o que parece! – gritou *zio* Portòlu. – Ouvem-na fazer fofoca, por acaso? Não pense que, se Pietro trouxer a sua noiva para cá, a moça não vai ficar à vontade.

E logo começou a elogiar também a moça. Uma rosa, um joia, uma flor! Ela costurava, bordava, era boa dona de casa, era honesta, bela, bondosa, bem de vida.

– Enfim, – disse Farre irônico, – não há outra como ela em Nuoro!

Enquanto isso o grupo dos jovens falava animadamente com Elias, bebendo, rindo, cuspindo. O que mais ria era ele, o recém-chegado, mas o seu riso estava cansado e falhando, a voz fraca; o seu rosto e as suas mãos se sobressaíam entre todos aqueles rostos e mãos bronzeados; parecia uma mulher vestida de homem. Além do mais, o seu linguajar tinha adquirido alguma coisa de particular, de exótico; ele falava com uma certa afetação, metade italiano e metade dialeto, com contaminações completamente continentais.

– Escute o seu pai elogiando vocês – disse o futuro cunhado de Pietro. – Ele diz que vocês são pombos, e de fato você está branco como um pombo, Elias Portòlu.

– Mas vai voltar a ser negro – disse Mattia. – A partir de amanhã começaremos a trotar até o redil, não é mesmo, meu irmão?

– Que ele seja branco ou negro, pouco importa – disse Pietro. – Deixem de besteira, deixem-lhe contar o que ele que estava contando.

– Então, eu estava dizendo, – retomou Elias com a sua voz fraca, – que aquele senhor, meu companheiro de cela, era o chefe dos ladrões daquela cidade grande, como se chama... não lembro mais... não importa. Estava comigo, confiava-me tudo. Aquilo, sim, que é roubar: de que valem os nossos furtos? Nós, por exemplo, um dia precisamos de uma coisa, vamos e roubamos um boi e o vendemos; prendem-nos, condenam-nos, e aquele boi não é suficiente para pagar o advogado. Mas para eles lá, os grandes ladrões, é bem diferente! Pegam milhões, escondem, e depois quando saem da prisão ficam riquíssimos, andam por aí de carruagem e se divertem. O que somos nós, asnos sardos em comparação a eles?

Os jovenzinhos escutavam atentos, cheios de admiração por aqueles grandes ladrões de além-mar.

– E havia também um monsenhor, – retomou Elias, – um ricaço que tinha milhões de liras na caderneta.

– Até um monsenhor!... – exclamou Mattia maravilhado.

Pietro olhou para ele rindo e quis parecer superior, embora ele também estivesse impressionado.

– Até um monsenhor? Ah, você acha que os monsenhores não são homens como os outros? A prisão é feita para os homens.

– Por que ele estava lá?

– Então... parece que ele queria que mandassem o Rei embora e colocassem o Papa no lugar. Outros, porém, diziam que ele também estava na prisão por questões de dinheiro. Era um homem alto com o cabelo branco como a neve; estava sempre lendo. Um outro veio a falecer e deixou aos detentos todo o dinheiro que tinha na caderneta. Queriam me dar cinco liras; eu, porém, recusei. Um sardo não aceita esmolas.

– Burro! Eu teria pego! – gritou Mattia. – Eu teria me embriagado solenemente à saúde do morto.

– É proibido – respondeu Elias; e ficou um momento em silêncio, absorto em vagas lembranças, depois exclamou: – Jesus! Jesus! Quanta gente havia lá, de todo tipo! Havia comigo um outro sardo, um marechal; embarcaram-no em Cagliari na mesma noite em que me embarcaram: ele acreditava que iam liberá-lo, mas prenderam-no e ele nem percebeu.

– Bem, eu acho que já deve ter percebido!

– Bem, eu também acho!

– Ele se gabava dizendo que logo o soltariam, que era parente do ministro, e que tinha um outro parente na Corte do Rei: no fim eu fui embora e ele ficou; ninguém lhe escrevia, ninguém lhe mandava um centavo. E nesses lugares, se não se tem dinheiro, morre-se de fome, meu Deus do céu! E os carcereiros! – exclamou depois fazendo uma careta – são uns carrascos! São quase todos napolitanos, canalhas, que se o veem morrer, cospem em você. Mas antes de ir embora, eu disse a um deles: «Experimente passar na minha área, covarde, que eu ajusto o seu osso do pescoço».

– Sim, – disse Mattia – experimente passar perto do nosso redil, que lhe damos um pouco de soro!

– Ah, ele não vai passar!

– Quem não vai passar? – perguntou *zio* Portòlu, aproximando-se.

– Um guarda que cuspia no Elias – disse Mattia.

– Não, mas que diabos, não cuspia em mim de jeito nenhum: O que é que você está dizendo?

Todos começaram a rir, *zio* Portòlu gritou: – E também Elias não permitiria; teria lhe quebrado os dentes com um soco. Elias é homem: somos homens... nós... não somos bonecos de queijo fresco como os continentais, mesmo eles sendo guardiões de homens...

– Mas que guardiões! – disse Elias dando de ombros. – Os carcereiros são uns canalhas; mas também há os cavalheiros; vocês tinham que ver! Senhores que chegam de carruagem, que quando entram no cárcere têm milhares e milhares de liras na caderneta.

Zio Portòlu irritou-se, cuspiu, e disse: – Quem são esses? Homens de queijo fresco! Vá e coloque-os para laçar um potro selvagem, ou pegar um touro, ou disparar uma espingarda! Morrem antes de susto. Quem são os senhores? As minhas ovelhas são mais corajosas, pelo amor de Deus.

– Mesmo assim, mesmo assim... – insistia Elias, – Se vocês vissem...

– O que você viu? – rebatia *zio* Portòlu, com desprezo. – Você não viu nada. Na sua idade, eu não tinha visto nada; mas vi depois e sei o que são os cavalheiros, e o que são os continentais e o que são os sardos. Você é um pintinho recém-saído do ovo...

– Nada além de um pintinho! – sussurrou Elias, sorrindo amargamente.

– Um galo, quem sabe! – disse Mattia.

E Farre, com gentileza: – Não, um passarinho...

– Saído da gaiola! – exclamaram os outros, rindo.

A conversa espalhou-se. Elias prosseguiu narrando as suas recordações, mais ou menos exatas, sobre o lugar e as pessoas que tinha deixado: os outros comentavam e riam. *Zia* Annedda também escutava, com um sorriso sereno no rosto tranquilo, e não conseguia ouvir bem todas as palavras de Elias: mas Farre, sentado ao seu lado, aproximava-se dela e lhe repetia em voz alta as novidades do recém-chegado.

Enquanto isso chegava mais gente, amigos, vizinhos, parentes. Os que chegavam aproximavam-se de Elias, muitos o beijavam, todos lhe faziam votos: – Outra dessa só daqui a cem anos!

– Se Deus quiser! – ele respondia, puxando o gorro para baixo.

E *zia* Annedda servia a bebida. Logo a cozinha ficou repleta de gente; *zio* Portòlu gritava incessantemente, dizendo a todos que os seus filhos eram três pombos, e gostaria que as pessoas ficassem ali por muito tempo; mas Pietro fazia questão de apresentar a Elias a sua noiva, e insistia em sair e levá-lo com ele.

– Vamos tomar um ar. – dizia. – Este pobre diabo estava preso, por que querem mantê-lo aqui a noite inteira?

– Vai ter muito ar para tomar! – respondeu um parente. – Esse seu rosto de moça vai ficar preto como pólvora de munição.

– Tenho certeza! – gritou Elias, passando as mãos no rosto, envergonhado da sua brancura.

Mas finalmente Pietro conseguiu ser atendido, e estavam para sair quando apareceu a futura sogra, uma viúva magra, alta e firme, com o rosto pálido envolvido com um xale preto: acompanhavam-na os seus dois filhos mais jovens, uma mocinha e um rapazinho já cheio de arrogância.

– Meu filho! – exclamou com ênfase a viúva lançando-se para Elias com os braços abertos. – Que o Senhor só lhe mande outra desgraça como esta daqui a cem anos.

– Deus queira!

Zia Annedda ia cuidadosamente atrás da viúva querendo cumprimentá-la; mas *zio* Portòlu apoderou-se da mulher, pegou as suas mãos, sacudiu-a toda.

– Você o viu? – gritou-lhe no rosto – Você o viu, Arrita Scada? O pombo voltou ao ninho. Quem vai mexer conosco agora? Quem vai mexer conosco? Diga-me, Arrita Scada...

Ela não soube dizer.

– Deixe-o falar – exclamou Pietro, virado para a viúva. – Está alegre hoje.

– Ele tem que estar alegre!

– Com certeza, estou alegre. O que você me diz? Não tenho que estar alegre? Não está vendo o pombo? Voltou ao ninho. Está branco como um lírio. E com belas histórias para contar. Arrita Scada, ouviu? Somos uma família, uma casa de homens: e diga isto a sua filha, que ela se casará com uma joia e não com uma imundície.

– Eu tenho certeza.

– Tem certeza? Ou acredita que a sua filha vai virar empregada aqui? Irá se tornar uma senhora: e encontrará pão, e encontrará vinho, e encontrará trigo, cevada, favas, azeite; todas as dádivas de Deus. Está vendo aquela porta? – gritou então, fazendo *zia* Arrita virar para uma portinha no fundo da cozinha. – Está vendo? Sim? Então, sabe o que tem atrás daquela porta? Cem escudos em queijos. E outras coisas também.

– Pare com isso, pare com isso – disse Pietro, um pouco impaciente. – Ela não tem nada a ver com a sua dádiva de Deus.

– Além do mais, – observou Elias, – Maria Maddalena Scada não se casará com Pietro por causa do nosso queijo.

– Filho do meu coração! Tudo é bom no mundo! – exclamou *zia* Arrita, sentando-se entre os seus filhos; o rapaz não falava, mas sorria debochado.

– Vamos, vamos, pare com isso! – repetia Pietro.

Enquanto isso, *zia* Annedda, visto que não lhe deixavam dizer uma palavra, foi fazer o café para a sogra do filho.

– O meu marido, – disse-lhe assim que pôde ter toda a sua atenção, – está ligado demais às coisas do mundo: não pensa que o Senhor nos deu os seus dons, sem que nós os merecêssemos, e que o Senhor nos pode tirá-los a qualquer momento.

– Annedda minha, os homens são todos assim – disse a outra para confortá-la. – Só pensam nas coisas do mundo. Deixemos para lá. Mas o que você está fazendo? Não se preocupe. Vim só por um momentinho e já vou embora logo. Vejo que Elias está bem, está branco como uma menina, Deus o abençoe.

– Sim, parece estar bem, graças ao Senhor: sofreu tanto, pobre pássaro!

– Ah, esperemos que tudo tenha acabado: ele não retornará às más companhias, certamente; porque foram os maus companheiros que o levaram à desgraça.

– Deus a abençoe, as suas palavras são de ouro, minha Arrita Scada. Mas o que estávamos dizendo? Os homens só pensam nas coisas do mundo: se pensassem somente no mundo de lá, caminhariam mais retos neste. Eles acham que esta vida terrena não vai acabar nunca; porém esta vida é uma novena... uma novena... é bem curta. Sofremos neste mundo; fazemos com que esta pulguinha aqui – e se tocou no peito – fique tranquila e não nos falhe a intuição; que o resto seja como Deus quiser ir. Coloque açúcar, Arrita; cuidado para o seu café não ficar amargo.

– Está bom assim; doce eu não gosto.

– Bom, estávamos dizendo que basta ter a consciência tranquila. Mas os homens não se interessam por isso. Basta a eles que o ano seja bom, que produzam muito queijo, muito trigo, muitas azeitonas. Ah, eles não sabem que a vida é tão breve, que todas as coisas do mundo passam bem velozes. Passe-me a sua xícara, não se preocupe. Ah, não é nada, foi a colherzinha que caiu. As coisas do mundo! Vá, Arrita Scada, até a beira do mar, e conte todos os grãos de areia: quando acabar de contar, perceberá que eles não são nada em comparação ao anos da eternidade. Já os nossos anos, os anos que temos para passar no mundo, cabem na mão de uma criança. Eu sempre digo estas coisas a Berte Portòlu e a todos os meus filhos; mas eles são muito apegados ao mundo.

– Eles são jovens, minha Annedda, precisa considerar isso, que eles são jovens. Além do mais, você vai ver que Elias está mais ajuizado; está sério, muito sério: a lição não foi pouca, e irá lhe servir para toda a vida.

– Nossa Senhora de Valverde o proteja! Ah, Elias é um jovem de bom coração; quando era criança parecia uma menina; não falava palavrão, nenhuma palavra feia. Quem diria que justo ele me faria derramar tantas lágrimas?

– Basta, agora tudo passou: agora os seus filhos parecem verdadeiros pombos, como diz Berte, seu marido. Basta que entre eles reine sempre a harmonia, o amor...

– Ah, isso não tem perigo, Deus a abençoe! – disse *zia* Annedda sorrindo.

Depois do jantar, *zia* Annedda pôde finalmente ficar sozinha com Elias, sentados no fresco do quintal. A porta estava aberta, a estradinha deserta: parecia uma noite de verão, silenciosa, com o céu claro florido de estrelas puríssimas. Atrás dos jardins, além das estradas, ao longe, ouvia-se o som agudo dos sinos das ovelhas no pasto; vinha no ar um áspero perfume de grama fresca. Elias respirava aquele aroma, aquele ar puro, com as narinas dilatadas, com um instinto de vontade selvagem: sentia o sangue escorrer quente nas veias e a cabeça oprimida por um peso prazeroso. Tinha bebido e sentia-se feliz.

– Fomos à casa da noiva de Pietro – disse com voz vaga, – é uma moça muito bonita.

– Sim, é morena, mas é graciosa: além disso, muito sábia.

– A mãe dela me parece um pouco esnobe: se tem uma moeda, fica como se tivesse um tesouro; mas a moça parece modesta.

– O que você queria? Arrita Scada é de raça boa e vangloria-se disso: porém, – disse *zia* Annedda, entrando no seu assunto favorito, – eu não sei o que se pode tirar de bom da vaidade e da soberba. Deus disse: três coisas somente deve ter o homem, amor, caridade e humildade. O que se tira de bom das outras paixões? Você agora experimentou a vida, meu filho; o que você me diz?

Elias suspirou forte; levantou o rosto para o céu.

– A senhora tem razão; eu experimentei a vida; não que eu merecesse a desgraça que eu tive, porque... a senhora sabe, eu era inocente, porém Deus tarda, mas não falha. Fui um mau filho e Deus me puniu, fez-me envelhecer antes do tempo. Os maus companheiros tinham me desviado, e foi justo porque eu frequentava más companhias que caí naquela desgraça.

– E aqueles companheiros, enquanto você sofria, nem perguntaram por você. Antes quando você estava livre, eles não deixavam aquela porta ali em paz: Elias onde está? Onde está Elias? Elias ia e Elias vinha. E depois? Depois se afastaram, ou se tinham que passar pela rua, abaixavam o gorro até a testa para que não os reconhecêssemos.

– Basta, mamãe! Agora tudo acabou; começou uma vida nova – disse ele, suspirando ainda. – Agora para mim só existe a minha família: a senhora, o meu pai, os meus irmãos: ah, acredite, farei a senhora esquecer todo o passado. Serei como um servo obediente e será como se eu tivesse renascido.

Zia Annedda sentiu lágrimas de felicidade brotarem nos olhos, e como lhe parecia que Elias também estava bastante emocionado, desviou o discurso.

– Você esteve sempre com saúde lá? – perguntou. – Você emagreceu muito.

– O que a senhora queria? Nesses lugares se emagrece mesmo sem estar doente: o ócio mata mais que qualquer cansaço.

– Vocês não trabalhavam nunca?

– Sim, sim. Fazíamos trabalhos manuais, de sapateiro ou de mulherzinha! Assim parecia que o tempo não passava nunca: um minuto é como um ano: uma coisa horrível, Deus do céu.

Calaram-se. A voz de Elias tinha ficado mais profunda ao pronunciar aquelas últimas palavras. Durante a tarde, na primeira embriaguez da liberdade, ele tinha falado facilmente da sua prisão e dos seus companheiros de desventura, parecendo-lhe algo já distante, quase prazeroso de se recordar. Mas agora, naquela obscuridade silenciosa, sentindo o perfume fresco do campo que lhe recordava os dias felizes da sua primeira juventude passada no redil, na liberdade sem confins do pastoreio do pai, diante da sua mãe, aquela velhinha boa e pura, de repente a recordação dos anos perdidos em vão na angústia da penitenciária dava-lhe medo.

– Eu estou muito fraco, – disse depois de algum tempo, – não tenho força para nada: é como se tivessem quebrado a minha coluna. Mas nunca fiquei doente; só uma vez que tive uma cólica tremenda e parecia que eu ia morrer. «Meu *Santu Franziscu*», disse então, «deixe-me sair deste horror, e a primeira coisa que farei, retomando a liberdade, será ir à sua igreja para acender uma vela para o senhor».

– *Santu Franziscu bellu!* – exclamou *zia* Annedda, juntando as mãos. – Nós vamos lá, nós vamos lá, meu filho! Que Deus o abençoe, você vai retomar as suas forças, não duvide. Nós iremos fazer a novena de São Francisco: e Pietro também irá à festa e levará a noiva na garupa do cavalo.

– Quando se casa Pietro?

– Ele se casa depois da colheita, meu filho.

– Irá trazer a mulher para cá?

– Sim, pelo menos no início, eles ficarão aqui; eu estou começando a envelhecer, meu filho, e preciso de ajuda. Enquanto eu viver, quero que fiquemos todos unidos: depois, quando eu voltar para o colo do Senhor, cada um de vocês tomará seu caminho. Você também se casará...

– Ah, e quem me quer? – ele disse com amargura.

– Por que você está falando assim, Elias? Quem o quer? Uma filha de Deus. Se você tomar juízo, se levar uma vida honesta, no temor de Deus, trabalhando, a sorte não lhe faltará. Eu não digo que você deva procurar uma mulher rica; mas uma mulher honesta não lhe faltará. O Senhor instituiu o matrimônio para que se unam em santidade um homem e uma mulher, não um rico e uma rica, ou um pobre e uma pobre.

– Isso! – disse ele rindo. – Não vamos falar disso! Eu cheguei hoje e já estamos falando de casamento. Vamos falar disso outro dia: tenho só vinte e três anos, e tem tempo. Mas a senhora está cansada, mamãe. Vá descansar, mamãe. Descanse.

– Vou; mas você também, Elias, esse ar pode lhe fazer mal.

– Mal? – disse ele, abrindo bem a boca e respirando forte. – Como assim pode me fazer mal? Não vê que isso me devolve a vida? Pode ir. Vou entrar logo.

Depois de um momento ele ficou sozinho, quase deitado no chão, com o cotovelo apoiado no degrau da porta. Ouviu sua mãe subir a escadinha de madeira, fechar a janelinha e tirar o calçado. Então tudo ficou silencioso. O ar estava fresco, quase úmido, aromático. Ele repensou nas coisas que sua mãe lhe havia dito. Depois disse para si mesmo: "O meu pai e os meus irmãos dormem tranquilos nas suas esteiras: ouço-os daqui. O meu pai ronca, Mattia diz de vez em quando alguma palavra; está sonhando, com certeza, e mesmo no sonho ele é um pouco simples. Mas como eles dormem bem! Estão embriagados, mas amanhã não sentirão mais nada. Eu também estou bêbado, mas vou sofrer as consequências. Como eu sou fraco! Não sou mais um homem: não servirei mais para nada. Ah, e a minha mãe quer que eu me case! Mas que mulher iria me querer? Nenhuma. Basta, o ar está úmido; vamos dormir".

Mas não se moveu. Ouvia ainda o tilintar dos rebanhos no pasto, que parecia ora perto, ora longe, transportado pela brisa úmida e perfumada. Elias sentia-se cansado, com a cabeça pesada, e não podia se mover, ou parecia-lhe que não podia se mover. Confusas visões começaram a vir em ondas de fantasia: recordava sempre o rebanho, a *tanca*[3], a casa do redil coberta de feno altíssimo, e via as ovelhas, enormes de tanta lã, espalhadas aqui e ali entre o verde do pasto; mas estas ovelhas tinham rostos humanos, os rostos dos seus companheiros do mau caminho. E sentia uma angústia indefinível. Talvez fosse o vinho que, fermentando no sangue, causava um pouco de febre. Recordava tudo o que tinha acontecido no dia, mas parecia ter sonhado, estar ainda *naquele lugar*[4] e sentir uma dor muito forte.

As imagens fantásticas do seu sonho vinham em ondas, afastavam-se, desapareciam. Agora parecia que aquelas estranhas ovelhas com rosto humano saltavam sobre a cerca que fechava o curral; e ele ia atrás delas, ofegantemente, saltando a cerca e entrando no curral ao lado, cheio de sobreiros altos, verdíssimos. Um homem alto, rígido, largo, com uma barba cinza avermelhada, uma espécie de gigante, caminhava lentamente, quase magistralmente, pelo bosque. Elias reconheceu-o logo: era um homem de Orune, um sábio selvagem, que vigiava o imenso curral de um homem de posses de Nuoro para que não extraíssem escondidos a cortiça dos sobreiros. Elias conhecia desde pequeno aquele gigante que não ria nunca e talvez por isso tinha uma certa fama de sábio. Chamava-se Martinu Monne, mas todos o chamavam de 'o pai da selva' (*su babbu 'e su padente*), porque ele contava que, depois da sua infância, não tinha dormido uma única noite no povoado.

– Aonde você vai? – perguntou a Elias.

– Vou atrás dessas ovelhas malucas. Mas estou tão cansado, meu pai da selva! Não estou aguentando; estou fraco e acabado; não sirvo mais para nada.

– Ah, se você não quer se chatear, torne-se padre! – disse *zio* Martinu com a sua voz potente.

– É, esta ideia me veio algumas vezes *naquele lugar*! – gritou Elias.

---

3) Vastíssimo terreno cercado. Esta palavra também tem nota no original, por se tratar de uma palavra em língua sarda. (NdT)

4)) As referências à penitenciária estão em itálico no original. (NdT)

Deu um sobressalto, acordou e sentiu um arrepio de frio.

"Adormeci aqui" pensou levantando. "Vou acabar ficando doente."

Entrou na cozinha um pouco cambaleante: o pai e os irmãos dormiam pesadamente nas suas esteiras; uma lamparina queimava em cima da pedra do fogão. Para Elias, pobrezinho, tão fraquinho, tinha sido preparada uma cama em um quartinho no térreo. Ele pegou a lamparina, atravessou uma sala, na qual, sobre mesas largas, havia uma grande quantidade de queijo amarelo e oleoso que exalava um odor desagradável, e entrou no quartinho.

Tirou a roupa, deitou, apagou a lamparina. Sentia a coluna quebrada, a cabeça pesada: mas não conseguia dormir, de novo oprimido por um sono leve sofrido, cheio de sonhos confusos. Via ainda o curral, o feno, as ovelhas gordas de lã amarela embaraçada, a linha verde do bosque ao lado. *Zio* Martinu ainda estava lá; mas agora estava ao lado da cerca, alto, rígido, sujo, imponente.

Também em pé ao lado da cerca, no curral da sua família, Elias contava-lhe muitas coisas *daquele lugar*. Entre outras coisas, dizia: – Levavam-nos sempre à missa, faziam-nos confessar e comungar frequentemente. Ah, lá os homens são bons cristãos. O capelão era um santo homem. Eu lhe disse uma vez em confissão que eu tinha estudado até a segunda série ginasial, que depois eu tinha virado pastor, mas que muitas vezes me arrependia de não ter continuado a estudar. Então ele me deu um livro de presente, escrito de um lado em latim e do outro em italiano, o livro da Semana Santa. Eu li mais de cem, o que estou dizendo? Mais de mil vezes: e eu o trouxe para cá. Sei lê-lo tanto em latim quanto em italiano.

– Então você é um grande sábio!

– Não quanto o senhor! Mas tenho temor a Deus.

– Pois bem, quando se teme a Deus se é mais sábio que os reis – dizia *zio* Martinu.

Aqui o sonho de Elias confundia-se, entrelaçava-se com outros sonhos também um pouco curiosos.

II

Embora Mattia insistisse para que Elias fosse logo com ele para o redil, o recém-chegado ficou em casa por alguns dias, descansando e recebendo visitas de amigos e parentes.

Zio Berte e Mattia retornaram para o redil, Pietro para os seus trabalhos; mas ora um ora outro voltava à vila, à noite, para ver Elias e fazer-lhe companhia. Então eram longas conversas e histórias, ao redor do fogão, ou no pátio nas noites límpidas primaveris. Elias não sofria a vigilância especial que normalmente vem após a pena e a torna mais áspera; porém, pelo menos no início, estava em observação pelas autoridades policiais; e frequentemente, à noite, dois policiais percorriam com passo pesado a estradinha, paravam, colocavam a cabeça através da porta de *zio* Berte.

Se *zio* Berte estivesse em casa e os seus olhos doentes de raposa reconhecessem os policiais, logo se levantava entre o respeitoso e o debochado, vinha à porta e os convidava para entrar.

– Bem-vindo o Rei, bem-vinda a força! – gritava. – Entrem aqui, jovens, venham beber um copo de vinho. Ah, não querem entrar? Ah! Acham que estão em uma casa de assassinos ou ladrões? Somos cavalheiros e vocês não têm que colocar o nariz nas nossas coisas.

Eles, dois rapazes rosados e parrudos, só riam.

– Entram ou não entram? – continuava *zio* Portòlu. – Eu os puxo? Querem que eu os puxe? Rápido, porque estou aqui plantado com a jarra na mão. Se não quiserem entrar, que vão para o inferno. Vinho bom o *zio* Portòlu tem!

Eles acabavam entrando: e logo vinha *zia* Annedda com a famosa jarra.

– Viva o Rei, viva a força, viva o vinho! Bebam! Que a justiça os fulmine...

Ei, ei, – observava Mattia, quando estava lá, – o que o senhor está dizendo, meu pai! Então eles fulminarão uns aos outros.

– Ha ha ha ha !

– Não é para rir. Bebam, meus filhos. E beba você também, Mattia, que lhe faz bem para a cabeça, e beba você também, Elias, que está com o rosto da cor das cinzas. Precisa ser rosado para ser homem. Você está vendo estes jovens? Precisa ficar corado assim. Então, vocês ficam mais corados ainda, que diabos! Ficaram com vergonha das palavras de *zio* Portòlu? Ei, ele fez enrubescer outros militares além de vocês! Fez enrubescer até os dragões, *zio* Portòlu. Vocês não sabem quem é *zio* Portòlu? Então, eu digo para vocês: sou eu.

– Muito prazer! – diziam os dois rapazes, reverenciando e rindo. Divertiam-se, e o vinho de *zio* Portòlu era realmente bom, frisante e aromático.

Zio Berte dava-se a liberdade de colocar as mãos nas costas dos policiais.

– O que vocês acham que são? A força! Um chifre de cabra, um nada! Se eu tirar de vocês este facão, esta pistola, estes botões, o que resta? Um chifre, um nada, eu disse para vocês. Coloquemos essas mesmas coisas em Elias, em Mattia, no meu Pietro: olhem, são melhores que vocês. Três joias, três pombos. Os meus filhos! Vocês não têm nada para dizer aos meus filhos. Eles não precisam roubar porque nós temos bens, até para jogar aos cães e aos corvos.

– Ah! – dizia Elias, sentado silencioso em um cantinho. – Isto já é demais, meu pai.

– Deixe-o dizer... – incitava Mattia, todo contente pela fanfarronada do pai.

– Você fique calado, meu filho, você dessas coisas não sabe nada, você nasceu ontem. Mas o que vocês estão fazendo, rapazinhos? Bebam, bebam, mas que diabo! O homem nasceu para beber, e nós somos homens.

– Somos todos homens, – concluía filosoficamente, com tom persuasivo, – homens vocês e nós, e precisamos nos solidarizar uns com os outros. Hoje vocês têm as espadas e representam o rei, que o diabo o carregue, mas e amanhã? Então, amanhã pode ser que representem um chifre, um nada, e pode ser que *zio* Portòlu seja útil para vocês. Porque eu tenho bom coração, ah, isto toda a vila pode dizer para vocês; igual ao *zio* Berte há poucos. E os meus filhos também têm bom coração; têm o coração igual ao dos pombos. Então, se vocês passarem no nosso redil, em Serra, nós lhes daremos leite, queijo, e mel também. Isso! Temos mel também! Mas vocês, jovenzinhos, fechem um olho, ou talvez os dois, não contem ao rei todas as coisas que veem, porque enfim todos somos homens, todos estamos sujeitos ao erro...

Os dois rapazes riam, bebiam, e se precisasse fechavam realmente um olho e talvez os dois para as fraquezas dos Portòlu e dos amigos deles.

A propósito de amigos, as más companhias em quem Elias e a família punham a culpa da desgraça, também vieram visitá-lo: e apesar dos seus propósitos de não recebê-los, ou melhor, de lhes fechar a porta na cara, quando ocorreu de aparecerem, ele os acolheu de modo cristão, e *zia* Annedda deu-lhes de beber.

– O que se há de fazer? – disse ela, quando foram embora. – Devemos ser cristãos, é preciso ter compaixão. Que Deus os perdoe!

– E também é melhor estar em paz com todos. O Senhor ordena a paz – respondeu Elias.

– Deus o abençoe, Elias, você disse uma grande verdade.

Ah, como *zia* Annedda se sentia contente quando o filho falava de Deus! E quando o via voltar da missa; e quando ele lia aquele grande livro preto, trazido *daquele lugar*!

"Que Deus seja louvado!" pensava toda comovida "Ele está voltando a ser bom como quando menino."

Enquanto isso, mãe e filho preparavam-se para pagar a promessa a São Francisco.

A igreja de São Francisco fica em meio às montanhas de Lula. A lenda diz que ela foi edificada por um bandido que, cansado da sua vida errante, prometeu submeter-se à justiça e mandar construir a igreja caso fosse absolvido. De qualquer modo, fosse a lenda verdadeira ou não, os priores, ou seja, os que organizam a festa, são todo ano sorteados entre os descendentes do fundador ou dos fundadores da igreja. Todos estes descendentes, que se dizem também parentes de São Francisco, formam, durante a festa e a novena, uma espécie de fraternidade, e gozam de certos privilégios.

Os Portòlu estavam incluídos. Poucos dias antes da partida, Pietro foi a São Francisco com a sua carroça e os seus bois, e prestou de coração o seu serviço, junto a outros homens do campo e pedreiros, alguns dos quais trabalhavam por promessa. Prepararam a igreja e as salinhas construídas ao redor, e transportaram a lenha que queimariam durante o tempo da novena. *Zia* Annedda, por sua vez, mandou uma certa quantidade de trigo para a priora, e junto com as outras mulheres do grupo dos descendentes dos fundadores da igreja, ajudou a limpar a farinha e a fazer o pão para levar para a novena. Uma parte deste pão foi doado por um mensageiro do prior aos redís do interior de Nuoro. Para cada redil um pão. Os pastores recebiam-no com devoção e em troca davam o máximo que podiam dos seus produtos: alguns até dinheiro e carneiros vivos: outros prometiam doar vacas inteiras que iam aumentar os rebanhos do Santo, já rico de terras, dinheiro e animais. Quando o mensageiro chegou ao redil dos Portòlu, *zio* Berte tirou o gorro, fez o sinal da cruz e beijou o pão.

– Agora não vou lhe dar nada, – disse ao mensageiro, – mas no dia da festa eu estarei lá, junto com a minha mulher, e levarei ao Santo uma ovelha não tosada e todo o produto de um dia dos meus animais. *Zio* Portòlu não é avaro e acredita em São Francisco, e São Francisco sempre o ajudou. Agora vá com Deus.

Zia Annedda, enquanto isso, continuava os seus preparativos: fez pão especial, biscoitos, doces de amêndoas e mel; comprou café, licor e outras provisões. Elias seguia com olhar afetuoso o trabalho calmo de sua mãe: às vezes a ajudava. Ele não saía quase nunca de casa; sentia-se sempre fraco, debilitado, e frequentemente os seus olhos azuis esverdeados, um pouco fundos, tinham uma fixação vítrea e se perdiam no vazio, no nada: pareciam os olhos de um morto.

Finalmente, chegou o dia da partida. Era um domingo, início de maio. Tudo estava pronto dentro dos alforjes de lã; e aqui e ali pelas estradas se viam algumas carroças carregadas de ferramentas e provisões, com os bois preparados para a partida.

Zia Annedda e Elias, antes de partirem, foram escutar a missa na igrejinha do Rosário: pouco antes de a missa começar veio um homem, um morador dali, foi diante de um altar e pegou um pequeno nicho de madeira e vidro; dentro havia um pequeno São Francisco: quando estava para sair, algumas mulheres fizeram sinal para que ele parasse e as deixasse beijarem o nicho: Elias também o chamou com um sinal de cabeça e beijou o vidro aos pés do Santo.

Pouco depois, todos estavam em viagem. O prior, um morador ainda jovem, com a barba quase loira, montava um belo cavalo cinza e levava o estandarte e o nicho: seguiam outros moradores, com as mulheres na garupa dos cavalos; mulheres que cavalgavam sozinhas, mulheres a pé, jovens, carroças, cachorros. Cada um, porém, viajava por conta própria, alguns mais adiante, outros mais atrás na estrada.

Elias, com *zia* Annedda na garupa de uma égua mansa de patas brancas, estava entre os últimos: um potrinho, filho dessa égua, pouco maior que um cachorro, seguia-os de perto.

Era uma manhã belíssima. As fortes montanhas para onde se encaminhavam surgiam azuis sobre o céu ainda aceso das chamas violetas da aurora. O vale selvagem do rio Isalle estava coberto de grama e de flores; pelo caminho rochoso brotavam, como grandes lumes acesos, as giestas de ouro amarelo. O fresco monte Ortobene, colorido pelo verde dos bosques, pelo dourado das giestas, pelo vermelho da flor do musgo, distanciava-se atrás dos viajantes, com o horizonte perolado ao fundo. De repente, o vale se abriu: apareceram solitárias planícies cobertas de sementes ainda tenras, brilhantes de orvalho, que sob os raios de sol ainda não alto tinham um luminoso flutuar prateado. Os gramados cobertos de hibiscos, tomilho e margaridas exalavam perfumes intensos.

Mas os viajantes precisavam subir as montanhas e deixaram de lado as planícies que levam ao mar. O sol começava a bater forte; e os rudes cavaleiros de Nuoro começavam a beber, para "refrescar a garganta"[5], parando de tanto em tanto os cavalos e colocando o rosto debaixo das abóboras ocas onde levavam o vinho. Uma grande alegria dominava a todos. Às vezes, alguns batiam as esporas nos cavalos, lançando-se em um rápido galope,

---

5) Aspas no original. (NdT)

depois em uma corrida desenfreada, empinando e dando gritos selvagens de alegria.

Elias os seguia com olhar fixo, e o seu rosto se iluminava; ele também tinha vontade de gritar; sentia um frio na coluna, uma instintiva lembrança de corridas passadas, uma necessidade de lançar-se de novo ao rápido galope, à corrida inebriante e livre; mas o bracinho fino de *zia* Annedda segurava-lhe a cintura, e ele não somente freava o seu instinto de homem primitivo, como ficava muito atrás de todos os cavaleiros para que a poeira por eles levantada não incomodasse a sua mãezinha.

Finalmente começaram a subir a montanha. Densos arbustos de aroeira subiam e desciam entre o fosco brilho do xisto, permeados de rosas-mosquetas em plena floração. O horizonte estendia-se amplo e puro, o vento perfumado passava ondulando os verdíssimos prados: indescritível sonho de paz, de solidão selvagem, de silêncio imenso interrompido apenas por algum canto distante de cuco e pelas vozes difusas dos viajantes. E então, de repente, a sublime paisagem profanada e desolada pelas bocas negras dos túneis e pelos entulhos das mineradoras: depois, de novo paz, sonho, esplendor de céu, de pedras foscas, de distâncias marinhas: de novo o reino ininterrupto da aroeira, da rosa-mosqueta, do vento, da solidão.

A um certo ponto, em uma outra esplanada, entre as aroeiras, todos pararam: algumas mulheres desceram dos cavalos, os homens beberam. A tradição diz que a estátua do Santo quis parar ali enquanto a transportavam para a igrejinha, e que queria uma bebida! Via-se a igreja, com os seus muros brancos e os telhados vermelhos, bem na metade da subida entre o verdejar dos prados.

Depois de uma breve parada, retomou-se a viagem. E Elias Portòlu e *zia* Annedda continuaram os últimos. A meta aproximava-se; o sol ia em direção ao auge, mas o vento agradável, perfumado de rosa-mosqueta, remediava o calor.

O fundo de um pequeno vale e de novo a subida: as paredes brancas, os telhados vermelhos aproximavam-se. Coragem, a subida é dura e árdua, segure bem na cintura de Elias, *zia* Annedda! A égua está cansada, toda brilhosa de suor; o potrinho não aguenta mais.

Coragem. O acampamento está próximo; olhe a bela igreja com as casinhas ao redor, com o quintal, com a muralha em volta, com a porta escancarada. Parece um castelo todo branco e vermelho, sobre o azul intenso do céu e o verde selvagem dos prados ondulados.

De baixo, Elias e *zia* Annedda viam os cavalos e os cavaleiros se empurrarem, ficarem bem juntos e entrarem espremidos pela porta bem aberta, por entre uma nuvem de poeira. Os homens perdiam os gorros, as mulheres os lenços; algumas estavam com o cabelo despenteado, soltos pelo balanço cansativo do cavalgar. Um sino estridente tocava do alto e os seus pequenos toques de alegria desfaziam-se, perdiam-se naquela imensidão de céu azul e de paisagem verde.

Elias e *zia* Annedda entraram por último. No quintal tomado de mato selvagem, sob o sol escaldante, havia uma confusão de homens e mulheres, uma miscelânea de animais cansados e su-ados. Havia crianças gritando, cachorros latindo. As andorinhas passavam gritando sobre o quintal, quase apavoradas ao ver aquela grande solidão da montanha tão animada de repente. Na verdade, parecia que uma tribo errante tinha vindo de longe para tomar de assalto aquela pequenina vila desabitada. As portinhas abriam-se, os alpendres ressoavam de gritos e risadas.

Elias ajudou tranquilamente a sua mãe a desmontar, depois ele também desceu, amarrou a égua e colocou nas suas costas, um depois do outro, os pesados alforjes que continham provisões e cobertas. E os Portòlu, como todos os outros do grupo dos fun-dadores da igreja, tomaram lugar na *cumbissia*[6] maior. A *cumbissia* é uma sala bem comprida, meio escura, rudemente pavimentada, com forro de bambu no teto. Distribuídos pela sala, presos ao chão, há fogões de pedra, e nas rudes paredes grandes estacas. Cada uma dessas estacas indica o lugar herdado pelas famílias descendentes dos fundadores.

Os Portòlu tomaram posse de sua estaca e seu fogão ao fundo da *cumbissia*, que, para dizer a verdade, naquele ano não estava

---

6) Construções típicas da Sardenha Central, as *cumbissias* são casinhas ao redor de uma igrejinha rural, onde os romeiros se instalam anualmente durante a novena em honra do padroeiro. (NdT)

muito animada. Somente seis famílias estavam lá, o resto dos noveneiros era gente de fora do grupo e, portanto, estavam em outras tantas salas.

O prior com a sua família, cujo lugar de honra era diferenciado por um armarinho embutido na parede e fechado, tomou, porém, lugar de duas ou três famílias. Era uma família numerosa a do prior, com uma priora magnífica, gorda e branca como uma vaca, com duas belas filhas e uma ninhada de bebês já vestidos a caráter. O mais novo, ainda de fraldas, tinha apenas um ano; felizmente entre as mobílias pertencentes à igreja havia também um pequeno berço de madeira branca, onde o menino foi logo colocado.

Os Portòlu instalaram-se rapidamente. *Zia* Annedda colocou em um nicho na parede a sua cesta de doces, o seu pão, o seu café: no fogão colocou o bule de café e a frigideira; perto da parede estendeu o saco, a coberta, o travesseiro de tecido vermelho, e colocou o cesto de bambu com as xícaras e os pratos. E isso era tudo. Como vizinhos os Portòlu tinham uma pequena viúva corcunda, com dois netinhos; criaram logo uma relação amigável, trocando presentes e elogios. Logo depois Elias tirou a sela da égua, e ela e o potrinho correram para o pasto ali perto no prado.

Enquanto no quintal e nas salas continuavam os gritos, o vai e vem, a confusão, *zia* Annedda foi rezar na igreja; uma igrejinha fresca, limpa, com o chão de mármore, e um grande Santo barbudo, que na verdade inspirava mais medo que afeto. E pouco depois, Elias foi para a igreja também; ajoelhou-se nos degraus do altar, com o gorro sobre o ombro, e rezou.

Zia Annedda olhava intensamente para ele, rezando com fervor: parecia que era ele o Santo para quem as suas maternais orações eram direcionadas. Ah, aquele perfil delicado e cansado, aquele rosto branco e abatido, quanta ternura ela sentia! E vê-lo ali, o filho preferido, ajoelhado aos pés do Santo, pagando a promessa feita em terras longínquas, em lugares ingratos, ah, era uma coisa que derretia o coração de *zia* Annedda.

– Ah, *Santu Franziscu bellu*, meu São Francisquinho, eu não tenho palavras para lhe agradecer. Tome minha vida, se quiser, tudo aquilo que quiser, mas que os meus filhos sejam felizes, que sigam pelos retos caminhos do Senhor, que não sejam apegados demais às coisas do mundo, meu *Santu Franzischeddu,* meu Francisquinho!

Pouco a pouco, o entra e sai, o barulho e a confusão cessaram: cada um tinha tomado o seu lugar, até o ilustríssimo senhor capelão, um padre de apenas um metro e trinta, com o rosto bem vermelho, muito alegre, que assoviava óperas da moda e cantarolava cançõezinhas como as de um café-cantante.

Os cavalos foram levados para o pasto; acenderam os fogões e a magnífica priora e as mulheres do grupo começaram a fazer enormes caldeirões de sopa com queijo fresco. Que vida alegre começou então para aquela espécie de clã pacífico e patriarcal! Abatiam carneiros e cordeiros, cozinhavam muita massa, bebiam muito café, muito vinho, muita aguardente. O capelão rezava missa e novena, e assoviava e cantarolava.

A diversão maior estava, porém, na grande *cumbissia,* de noite, ao redor das altas e crepitantes chamas de lenha de aroeira. Lá fora, a noite estava fresca, às vezes quase fria: a lua caía sobre o vasto ocidente, dando aos prados um encanto selvagem. Ó pálidas noites das solidões sardas! O canto vibrante da coruja, a fragrância selvagem do tomilho, o odor penetrante da aroeira e o murmúrio distante dos bosques solitários fundem-se em uma harmonia monótona e melancólica, que dá à alma uma sensação de tristeza solene, uma saudade de coisas antigas e puras.

Reunidos em volta do fogo, os habitantes da *cumbissia* maior narravam histórias interessantes, bebiam e cantavam. O eco de suas sonoras vozes se perdia naquela grande solidão, naquele silêncio da lua, entre as árvores sob as quais dormiam os cavalos.

Elias Portòlu participava da diversão com um prazer intenso, quase infantil. Sentia como se estivesse em um mundo novo: contava as suas histórias e escutava as dos outros quase comovido.

Além disso, tinha estreitado relações com o senhor capelão, e este novo amigo falava uma língua divertida, incitando-o a aproveitar a vida, a esquecer, a se divertir.

– Sirva a Deus com alegria – dizia-lhe. – Vamos dançar, cantar, assoviar, aproveitar. Deus nos deu a vida para aproveitarmos um pouco. Não estou dizendo para pecar, hein! Ah, isto não! E de mais a mais, o pecado deixa o remorso, um tormento, meu caro... basta, você já deve ter experimentado. Mas divertir-se honestamente, sim, sim, sim! Eu me chamo Jacu Maria Porcu, ou padre Porcheddu, padre Porquinho, porque sou pequeno. Pois bem, Jacu Maria Porcu divertiu-se bastante em sua vida. E muito bem! Uma noite voltei para casa depois da meia-noite. A minha irmã diz que eu estava bêbado; mas eu acho que não, meu caro. «O que tem para o jantar, Anna?». «Não tem nada, Jacu Maria Porcu sem vergonha: já passa da meia-noite, não tem nada». «Dê-me de comer, Anninha; a um padre deve-se dar de comer». «Então, eu lhe dou pão e queijo, sem vergonha, Jacu Maria Porcu, sem vergonha, já passa da meia-noite». «Annesa, pão e queijo para um padre, para Jacu Maria Porcu?». «Sim, pão e queijo, aqui se quiser, se não, deixe aí». «Pão e queijo para Jacu Maria Porcu? Para o padre Porcheddu? Aqui, *Totó*, aqui, *Totó*, pega»; e então eu, padre Porcheddu, joguei tudo para os cachorros! Assim se deve fazer, jovenzinho do rosto pálido! O que você pensa? Só porque sou padre não posso me divertir? Divertir-se, sim, pecar, não!

Faz-se amor para rir,
Faz-se amor para rir,
Só para rir. Hoje você,
Amanhã com outra sair!

"Esse daí é louco!" pensava Elias, rindo, mas se divertia, e as palavras de padre Porcheddu mexiam com ele, levavam-lhe um sopro de vida, um desejo de cantar, de aproveitar, de se divertir.

Quase todo dia, ele, padre Porcheddu, o prior e algum outro amigo iam para longe, sob a sombra das altas árvores. Tudo calava na metálica quietude da tarde; diante deles os montes pitorescos de Lula se perfilavam nítidos e azuis sob o céu puro, e à distância, entre o verde dos prados, os cavalos corriam agilmente, perseguindo-se em giros rápidos. Parecia um quadro. E os amigos, prazerosamente deitados na grama, contavam uns para os outros os seus passados mais ou menos aventurosos, as lendas da igreja, histórias com mulheres, acontecimentos épicos dos antigos sardos. Frequentemente a conversa era interrompida por uma cantoria, por um assovio de padre Porcheddu: algumas vezes, também, o senhor capelão levantava-se com um salto e brincava de derrubar os outros, ou cantava fazendo uma mímica grotesca de suas cantigas.

Um dia, na antevéspera da festa, estavam exatamente assim, à sombra de enormes aroeiras, e Elias estava terminando de contar como uma vez um companheiro detento tinha batido em um carcereiro porque ele tinha debochado, recusando o convite para beber com alguns reclusos, quando ouviram um assovio tremido, agudo, que vinha como uma flecha dos lados da igreja.

Elias saltou de pé e gritou: – Esse é o assovio de Pietro, meu irmão.

– Então, – disse padre Porcheddu – se é o seu irmão, vocês se encontrarão! Por isso se comove?

– O meu pai também deve ter chegado, e talvez a noiva de Pietro. Vamos, vamos... – disse Elias, e estava realmente agitado.

– Se é assim, vamos – disse o prior. – É preciso honrá-lo. Berte Portòlu é um bom parente de São Francisco. E também Maria Maddalena Scada é uma bela moça.

– Uma bela moça? – indagou padre Porcheddu. – Se é assim, vamos.

Elias olhou para ele com desprezo; mas padre Porcheddu enfrentou aquele olhar, depois riu e cantarolou sua cantiga preferida:

> *Faz-se amor para rir,*
> *Só para rir,*
> *Só para rir...*

Enquanto isso, dirigiam-se para a igreja por uma trilha recém aberta por entre as árvores, os arbustos e o verde da grama fragrante. O assovio repetia-se, cada vez mais próximo e insistente. Elias não tinha se enganado. Em frente ao poço estavam Pietro e *zio* Portòlu; e no meio deles a figura luminosa de Maria Maddalena. Elias sentiu um aperto no coração. Padre Porcheddu estalou a língua no céu da boca e ficou calado, sem palavras para expressar a sua admiração. E ele dizia entender daquilo!

Maddalena não era muito alta, nem realmente bonita, mas atraente, magra, com uma pele morena rosada e delicada, os olhos brilhantes sob as densas sobrancelhas, e a boca sensual. O corselete vermelho escarlate, aberto sobre a blusa alva, e o lenço florido de orquídeas e de rosas deixavam-na fascinante. Entre as rústicas figuras de Pietro e de *zio* Portòlu, ela era como a graça entre a força selvagem. De perto, os seus olhos brilhantes, com grandes pálpebras, longos cílios, um pouco oblíquos e fechados, um pouco voluptuosos, fascinavam no verdadeiro significado da palavra.

— Bem-vindos – disse Elias chegando e apertando-lhe a mão. – O senhor está aqui há muito tempo? Estávamos esperando que o senhor só viesse amanhã.

— Amanhã ou hoje dá no mesmo – respondeu *zio* Portòlu. – Saúde a todos, saúde ao prior, saúde àquele pequeno padre rosado. Deus olhe por ele, vê-se que é um padre, embora use calça.

— Padre Porcheddu, o que o senhor diz disso?

— Com ou sem calça, somos todos homens – ele respondeu um pouco chateado. Depois virou para Maddalena e fez elogios a ela.

— Tome cuidado, – disse Elias sorrindo, – padre Porcheddu é terrível com as mulheres.

— Não mais que você – respondeu rápido o pequeno padre.

— Ha ha! – riu suavemente Maddalena. – Eu não tenho medo de ninguém.

E *zio* Portòlu: – Não tenha medo de ninguém, minha filha, minha pombinha, não tenha medo de ninguém: *zio* Portòlu está aqui, e se não bastar *zio* Portòlu, tem também a sua faca.

E desembainhando o facão que levava enfiado na cintura, ergueu-o no ar. Padre Porcheddu deu um passo para trás, colocando as mãos na frente, fingindo de modo engraçado que estava com medo.

— Este é Maomé! Isto é uma cimitarra! *Allargaribus*.

— O que você quer? – disse *zio* Portòlu, guardando o facão. – Esta moça, esta pombinha, foi entregue a mim pela sua mãe, uma pomba viúva. «Arrita Scada,» eu lhe disse «fique tranquila, a pombinha não sofrerá dano algum em minhas mãos. Se eu a defenderei até do meu filho, Pietro de ouro, imagina de outros gaviões e abutres».

Zio Portòlu falava sério; e às vezes olhava com um afeto selvagem para a moça.

– Se é assim, fiquemos atentos – advertiu padre Porcheddu. – E agora vamos beber.

– Beber, sim, muito bem, padre Porcheddu. Quem não bebe não é homem e nem sacerdote.

Enquanto isso, iam caminhando. *Zia* Annedda os esperava com as suas cafeteiras, as suas jarras e os seus cestos de doces. Maddalena e o seu cortejo entraram na *cumbissia* rindo e conversando; rapidamente formou-se uma confusão de vozes, gritos, risadas, barulho das taças e xícaras. Ouvia-se *zio* Portòlu contar que tinha feito toda a viagem com a ovelha, prometida a São Francisco, amarrada na garupa do cavalo.

Era a minha ovelha mais linda! – dizia ao prior. – Tinha a lã comprida assim. Ei, *zio* Portòlu não é pão-duro.

– Vá para o diabo! – respondeu-lhe o prior. – Não vê que é uma ovelha grisalha, velha como você!

– Grisalho é você, Antoni Carta! Se continuar me insultando, enfio a minha faca em você.

E padre Porcheddu mantinha alta a taça, a cabeça um pouco reclinada no ombro, os olhos maliciosos virados para Maddalena e para as graciosas filhas do prior.

> *Sobre a popa do meu veleiro,*
> *Bons charutos fumando,*
> *Bebo rum de muambeiro,*
> *Com a taça brindando.*

– Ha ha ha! – riam as mulheres.

Elias ficava calado. Sentado em uma das muitas selas espalhadas pela *cumbissia*, ele bebericava o seu vinho, abaixando e levantando às vezes a cabeça. E cada vez que levantava os olhos encontrava os olhos risonhos de Maddalena, sentada de frente para ele, a pouca distância, e aqueles olhos oblíquos ardentes penetravam-lhe a alma. Ele experimentava uma espécie de embriaguez, um relaxamento de todos os seus nervos, um prazer quase físico, cada vez que a olhava.

As vozes, as conversas, as risadas, as cantigas de padre Porcheddu, as exclamações das mulheres, chegavam-lhe como que de longe: parecia-lhe escutar de um lugar remoto, sem participar da diversão. Mas de repente alguém falou com ele, chamou-o a si; ele acordou como de um sonho, fechou o rosto, levantou e saiu rapidamente.

– Aonde você vai, Elias? – gritou Pietro alcançando-o.

– Vou ver os cavalos: deixe-me ir! – ele respondeu quase rudemente.

– Os cavalos estão acomodados. Por que está de mau humor, Elias? Você não gostou que a Maddalena veio?

– O que é isso... Por que está me dizendo isso? – perguntou Elias olhando para ele.

– Nada, pareceu-me que você estivesse com uma expressão irritada: acho que você não gosta dela. O que você me diz, meu irmão?

– Você está louco! Vocês são todos loucos! Ela também, com a sua tão elogiada sabedoria, ri demais.

Pietro não se ofendeu. Além disso, ele e todos em casa tratavam Elias como uma criança, ou melhor, como um doente: temiam que fosse contrariado, e faziam todas as suas vontades. Inclusive naquele momento, vendo que ele desejava ficar sozinho tranquilo, Pietro voltou para perto da noiva.

"São muito loucos" pensava Elias, vagando para lá e para cá. "Mas eu também? Ah, ela é noiva do meu irmão: por que sou assim tão louco a ponto de olhar para ela?"

Ficou fora toda a noite.

– Onde é que está Elias? – perguntava *zia* Annedda de vez em quando, olhando ao redor inquieta. – Para onde terá ido aquele bendito menino? Vá procurá-lo, Pietro.

Mas Pietro prestava atenção em Maddalena – que, para dizer a verdade, não parecia muito apaixonada por ele, ou pelo menos não demonstrava, talvez para manter os modos aconselhados pela sua mãe, – e respondeu: – Já estou indo – mas não se mexia.

– Onde é que deve estar Elias? – repetiu *zia* Annedda quando chegou a hora do jantar. – Portòlu, vá ver onde está o seu filho.

Zio Berte, sentado no chão ao lado do fogão, estava assando um cordeiro inteiro em um longo espeto de madeira. Ele vangloriava-se que ninguém no mundo assava melhor que ele um cordeiro ou um leitão.

– Já vou, já vou, – respondeu à sua mulher, – deixe-me primeiro acertar as contas com este animalzinho.

– O cordeiro está assado, Berte; vá procurar o seu filho.

– O cordeiro não está assado, minha esposinha: O que você entende disto? Você tem que dar a sua opinião também sobre isso para Berte Portòlu? Deixe os meninos se divertirem. Eles precisam se divertir.

Mas ela insistia e *zio* Berte estava para sair quando Elias voltou. Tinha os olhos brilhantes, o rosto iluminado: estava belíssimo. Todos olharam para ele, *zia* Annedda suspirou e *zio* Berte começou a rir com gosto, percebendo que Elias estava um pouco embriagado.

Mas assim que Elias viu os olhos oblíquos e ardentes de Maddalena, sentiu vontade de chorar como uma criança.

"É louca!" pensou. "Por que está me olhando assim? Por que não me deixa em paz? Eu vou contar para Pietro, vou contar para todos. Então, se não o ama, por que o engana? Ela é louca, é louca, mas eu também sou louco, não devo olhar para ela, tenho que arrancar o meu coração. Agora vou lá embaixo, onde está Paska, a filha do prior, para tentar algo com ela."

– Paska – disse, de fato, chegando ao fogão do prior, – você é a parente mais bonita de São Francisco.

– E você o mais bonito – respondeu no ato a moça, que estava bem ocupada com um caldeirão.

Elias sentou-se ao seu lado, olhando para ela com uma intensidade estranha: ela ria toda contente, mas em seu coração ele sentia como se estivesse morrendo.

No fundo da *cumbissia*, Maddalena olhava, e de vez em quando abaixava as largas pálpebras, os longos cílios, e parecia, então, uma Nossa Senhora melancólica e resignada. Quando o jantar ficou pronto, *zio* Berte chamou Elias.

– Eu vou ficar aqui, – gritou o jovem, – a mais bela parente de São Francisco me convidou para o seu fogão.

– Você venha já para cá! – gritou *zio* Portòlu. – Ninguém o convidou, mas mesmo se tivessem, eu não permitiria... Se não vem por bem, *zio* Portòlu, seu pai, faz vir por mal.

Elias levantou-se e obedeceu: mas não quis comer nem beber e respondia mal quando falavam com ele.

– Por que está de mau humor? – perguntou-lhe Maddalena com jeito, enquanto terminavam de jantar. – Por que o tiramos do fogão do prior? Vá, vá! Volte para lá, alegre-se.

– Pois bem, e se eu voltar? – ele respondeu de modo áspero, – o que lhe importa?

– Ah, nada! – disse ela, endurecendo. Depois virou para Pietro, sorriu-lhe e prestou atenção somente nele.

Elias levantou-se com um salto, afastou-se; mas em vez de parar de novo no fogão do prior, saiu e sentou-se no quintal. Sentia uma angústia confusa, febril, um desejo de morder a mão de raiva, de gritar, de se jogar no chão e chorar. Porém, na embriaguez do vinho e da paixão, mantinha ainda consciência de si, e pensava: "Eu estou apaixonado por ela; por que eu me apaixonei, meu São Francisco? Ajude-me, ajude-me! Eu sou um louco, meu São Francisco, mas estou tão infeliz!".

Das *cumbissias* saíam, vibrantes no silêncio da noite quente e pura, confusos barulhos de vozes e de cantos, de gritos e de risadas. Elias distinguia a voz do seu pai, o assovio de padre Porcheddu, o riso de Maddalena, e em meio a tanta festa sentia-se triste, desesperado, como uma criança deixada sozinha na selvagem solidão noturna do prado.

III

Lentamente os barulhos cessaram e tudo ficou em silêncio naquela espécie de *clã* adormecido. Elias entrou e deitou ao lado de Pietro, sobre o mesmo feixe de capim que exalava um perfume ácido. Por toda a *cumbissia* havia camas de capim; alguns fogões ainda estavam acesos, lançando trêmulos clarões avermelhados por aquele vasto quadro silencioso: via-se, ora sim, ora não, uma longa barba, uma roupa de lã, um rosto de mulher, uma sela, um cão aninhado ao lado dos fogões, um fuzil pendurado na parede. Elias não conseguia dormir; parecia-lhe estar respirando o hálito de Maddalena, deitada entre *zia* Annedda e *zio* Portòlu, e sentia ainda um desejo desesperado por ela; mas o combatia.

"Não, não tenha medo, meu irmão," dizia mentalmente para Pietro "mesmo que ela viesse e se jogasse nos meus braços, eu a recusaria. Não a quero: é sua. Se fosse de um outro, mesmo sob pena de voltar para *aquele lugar*, eu a roubaria, mas é sua: durma tranquilo, meu irmão. Eu também me casarei, logo, rápido. Vou pedir à Paska, a filha do prior."

"Então," pensava depois "sou um idiota. Que necessidade há de se casar, que necessidade há de se pensar em mulher? Pode-se viver também sem mulher. Eu não vivi três anos sem nem ver? Talvez tenha sido por isso que, assim que voltei, apaixonei-me pela primeira que vi? Mas eu sou um doido: deixemos para lá as mulheres, que nos fazem enlouquecer. Vamos dormir."

Mas virava para um lado e para o outro e não conseguia dormir. Assim passou quase toda a noite, e foi também um dos primeiros a acordar. Pela janela aberta, do horizonte prateado, vinha a frescura orvalhada do alvorecer; *zia* Annedda e Maddalena, ainda com sono, já estavam preparando o café. Elias levantou-se, pálido como um cadáver, com o cabelo despenteado e a garganta inflamada.

– Bom dia – disse Maddalena sorrindo. – Olhe, *zia* Annedda, o seu filho está branco igual cera. Dê logo café para ele.

– Você está se sentindo mal, meu filho?

– Acho que estou resfriado – disse com voz rouca, arranhando. – Eu preciso beber alguma coisa. Onde está a nossa jarra?

Procurou, pegou a jarra e bebeu bastante, avidamente. Maddalena olhava e ria.

– Por que está rindo? – disse ele pousando a jarra. – É porque eu bebo assim que eu me levanto? É porque ontem à noite eu fiquei bêbado? Pois bem, o vinho foi feito para os homens.

– Você não é um homem, – interveio *zio* Portòlu, que já tinha bebido aguardente, – você é um boneco de queijo fresco; basta que uma mocinha sopre, puf..., para que você caia no chão, desfalecido, morto.

– Então, que seja, – disse Elias irritado, – basta que uma mocinha sopre para que eu caia morto, mas me deixem em paz.

– Ah, que mau humor horrível! – exclamou Maddalena. – É porque eu estou aqui?

– Sim, precisamente porque você está aqui.

– A pombinha! – gritou *zio* Portòlu, abrindo os braços. – A pombinha que alegra os lugares por onde passa. E meu filho, este boneco dos olhos de gato, diz que o deixa de mau humor? Vá, vá, vá, faça-me o favor, saia daqui, filho do capeta! Se está de mau humor, vá e enforque-se; mas a verdade é que você, a *zio* Portòlu, não trará nunca uma rosa como esta para alegrar a casa.

Estas palavras feriram Elias no coração; porque de repente ele lembrou que Maddalena ia morar na casa deles, mulher de Pietro, em poucas semanas. Ah, que martírio seria! Não, ele não conseguiria se submeter a isso.

– Beba o café, meu filho – disse *zia* Annedda. – Pegue este biscoito, alegre-se porque estamos na festa, e São Francisco se ofende se ficarmos tristes.

– Mas eu estou alegre, minha mãe, estou alegre como um pássaro. Ohi! – gritou então, na direção do fogão do prior, – bom dia, Páscoa florida.

Depois disso, nada de interessante aconteceu naquele dia e nem no dia seguinte, no espaço dos Portòlu. Na véspera da festa chegou muita gente de Nuoro e dos vilarejos vizinhos, principalmente de Lula, pela trilha íngreme entalhada na montanha entre luminosos arbustos de giestas floridos. Vinham em longas filas de mulheres vestidas com roupas um pouco caricaturais, com a cabeça exageradamente alongada por uma touca colocada por baixo de um grande lenço com franjas, com pesadas saias de lã curtíssimas, com longos rosários presos em estranhos enfeites de prata.

Os Portòlu também tinham muitos hóspedes, e Elias e Pietro foram arrastados o dia todo de um lado para o outro pelos jovens de Nuoro que foram para a festa. Todos se embriagaram até perder a razão, cantaram, dançaram, gritaram. Em alguns momentos Elias parecia ter enlouquecido; ria até ficar arroxeado, com os olhos verdes, e dava estranhos gritos de alegria, um *uaih* longo, gutural, estridente, que parecia um chamado de batalha de algum guerreiro selvagem.

Maddalena, que ajudava *zia* Annedda a preparar as refeições, a servir vinho e café aos hóspedes, às vezes olhava para ele pelo canto dos olhos e falava sussurrando: – Está muito alegre o seu filho, *zia* Anna, olhe como está vermelho. Como ri!

Zia Annedda olhava para Elias, suspirava e sentia um espinho no coração; e em um momentinho em que teve tempo, entrou na igreja e rezou.

– Ah, *Santu Franziscu mio*, meu bondoso São Francisco, arranque este espinho do meu coração. Elias, o meu filho, está voltando para o mau caminho: olha como ele se embriaga, como se maltrata, não é mais o mesmo. E parecia tão bom quando voltou, e prometia tantas coisas! Tenha piedade de nós, meu São Francisco, meu pequeno São Francisco, faça com que ele volte para o bom caminho, converta-o, afaste-o dos vícios, das más companhias, das coisas do mundo. São Francisco, meu irmãozinho, dê-me esta graça!

O grande Santo, severo, quase ameaçador, escutava do alto do seu altar rudemente adornado com as flores radiantes da estação. E pareceu escutar a oração de *zia* Annedda, porque naquela mesma noite, no jantar, Elias manifestou uma ideia. Falavam do padre Porcheddu: alguns o criticavam, outros riam dele.

Elias, ainda bêbado, é verdade, mas não muito, começou a defender o seu amigo, depois disse: – Então, latam mesmo, cães sarnentos, falem mal mesmo, ele não liga para vocês, ele está melhor que o papa. E eu também vou me tornar padre.

Todos riram. Ele disse: – Por que riem? Mendigos mortos de fome, cães sarnentos, animais, é o que vocês são. Pois vou me tornar padre: e o que é preciso? Latim eu sei ler. E espero levar para vocês todos a comunhão dos enfermos e sepultá-los, mortos de fome.

– Para mim também, meu irmão? – gritou Pietro.

– Sim, para você também.

E Maddalena: – Para mim também?

– Para você também! – gritou Elias, enfurecido. – E para você, por que não? Porque você é mulher? Para mim mulheres e homens são a mesma coisa, ou melhor, as mulheres são mais desprezíveis que os homens.

– Nada disso importa – disse *zio* Portòlu, que escutava com muita atenção as palavras de Elias. – Voltemos ao assunto. Então você quer se tornar padre?

– Parece que sim! – gritou Elias, colocando bebida em seu copo. – Bebam, bebam, encham os copos, vamos beber muito.

Os copos ficaram cheios.

– Devagar, devagar! – gritou *zio* Portòlu, no meio da alegria geral, – vamos pensar antes de beber...

– Quem não bebe não é homem, meu pai – disse Pietro, repetindo a máxima tantas vezes pronunciada por seu pai. Mas ele se enfureceu de verdade, e mais que gritando, disse: – Até os animais pensam, filho do capeta! E você respeite o seu pai e agradeça a presença destes amigos e desta pombinha, caso contrário eu vou lhe dar um tapa para cada fio de cabelo que você tem nessa cabeça.

– Credo! *Zio* Portòlu! Isto já é demais! Falar assim com um noivo!

– Maddalena mia, eu vou morrer se você não me ajudar – gritou Pietro rindo.

– Pombinha, ajude-o! – disse *zio* Portòlu com ironia; depois virou-se de novo para Elias e perguntou se realmente estava falando sério. Mas Elias estava bebendo, rindo, gritando, e não respondeu, e o anúncio do seu estranho projeto já havia desaparecido entre a barulhenta alegria dos convidados.

Mas alguém havia acolhido aquilo com inquietação: *zia* Annedda. Ela ficou calada, um pouco para manter a compostura, um pouco porque não conseguia entender bem o que estava sendo dito, mas olhava ao redor com os olhos atentos. Maddalena aproximava às vezes o rosto ao seu ouvido, repetindo uma coisa ou outra: *zia* Annedda concordava com a cabeça e sorria. Ah, se Elias estivesse falando sério! Mas seria possível? Um milagre tão grande! Ah, mas São Francisco podia fazer aquele e outros milagres. Elias ainda era jovem, podia estudar; conseguiria, sim. E era aquele o seu caminho, a estrada do Senhor, porque se ele ficasse no mundo seria um jovem perdido. *Zia* Annedda pensava assim porque conhecia o seu filho.

Quando teve tempo por um momento, entrou na igreja para agradecer o Santo pela ideia enviada a Elias. Era madrugada; os lampiões oscilavam diante do altar, espalhando sombras e luzes trêmulas pela igreja deserta: o grande Santo, sério, parecia adormecido entre as suas flores da estação. *Zia* Annedda ajoelhou-se, depois sentou-se no fundo da igreja para rezar. O seu pensamento estava sempre voltado para Elias: parecia que já o estava vendo sacerdote, parecia que já estava recebendo o trigo, as pequenas ânforas de vinho tapadas com flores, as tortas e os *gattòs,* doces de Nuoro, com amêndoas, açúcar e mel, que os amigos dariam de presente para o padre novato.

Enquanto estava assim, sonhando e rezando, viu Maddalena entrar. A jovenzinha tinha vindo procurá-la, chegou perto e sentou-se ao seu lado.

– Ah, a senhora está aqui! – disse. – Estávamos procurando a senhora, mas eu pensei logo que estaria aqui.

– Já vou voltar.

– Eu vou ficar aqui um pouco.

Calaram-se. Do pátio chegavam barulhos confusos, cantos e melodias melancólicas, vibrantes na noite pura. Uma voz harmoniosa de tenor cantava distante, entre o coro triste e cadenciado do acompanhamento vocal dos cantos de Nuoro. E aquelas canções nostálgicas e sonoras que pareciam impregnadas da solene tristeza do prado, da noite, da solidão, subiam, espalhavam-se através dos barulhos da multidão permeando o ar de flores de sonhos.

Maddalena escutava, tomada por um sentimento de profunda tristeza. Ora sim, ora não, parecia-lhe reconhecer aquela voz. Era Pietro? Era Elias? Não sabia, não sabia, mas aquela voz e aquele canto em coro, desfazendo-se na noite, davam-lhe uma tristeza quase doentia. E *zia* Annedda continuava no seu sonho, na sua oração, sem perceber que Maddalena tremia e palpitava ao seu lado como uma verdadeira pombinha apaixonada.

Mas então, de repente, os pensamentos das duas mulheres suspenderam os seus percursos; um homem entrava e avançava com passo incerto em direção ao altar. Era a figura que ocupava a alma delas por completo: Elias. Ele ajoelhou-se nos degraus do altar, com o gorro caído sobre o ombro direito, e começou a se bater no peito, na cabeça, e a gemer em silêncio. A luz avermelhada oscilante da lamparina o iluminava do alto, dando um reflexo luminoso ao seu cabelo; mas ele não imaginava que estivesse sendo visto e continuou no seu fervor doloroso, gemendo e se batendo no peito e na testa.

As duas mulheres ficaram olhando, prendendo a respiração, e *zia* Annedda sentia-se quase feliz pela dor do seu filho.

"Ele está se arrependendo de ter se embriagado," pensou "ele está fazendo bons propósitos: que o senhor seja bendito, meu São Francisco, meu Francisquinho." – Vem, vamos sair, ele pode nos ver e ficar envergonhado, – sussurrou a Maddalena, puxando-a para fora da igreja.

– O que Elias tem? – perguntou Maddalena, perturbada.

– Está arrependido do exagero; ele é muito devoto, minha filha.

– Ah!

– Às vezes é impetuoso, mas é um jovem de consciência, minha filha. Ah, e muita.

– Ah!

– Sim, tem muito juízo, minha filha. Ele pode ser induzido à tentação, porque você sabe que o diabo está sempre alerta ao nosso redor, mas Elias sabe combatê-lo e morreria antes de cometer um pecado mortal. Às vezes, a tentação o vence em pequenas coisas, como hoje; você viu como se embebedou e como falou tanta besteira; mas depois ele se arrependeu amargamente.

– Ah! – disse Maddalena pela terceira vez; e não sabia o porquê, mas estava com os olhos cheios de lágrimas.

Atravessaram o pátio e entraram na *cumbissia*, onde *zio* Portòlu, Pietro e os amigos, sentados no chão em torno do fogão, cantavam e jogavam. Maddalena sentou na penumbra, ao lado da janelinha, mais séria e composta que o normal; Pietro chegou perto e olhou-a profundamente.

– Você está séria, Maddalena. Por quê? Você viu Elias? Ele lhe disse alguma coisa?

– Não, não o vi.

– Ele está de mau humor. Deixe-o dizer o que quiser, não se importe com ele; ele trata todos assim.

– Mas não me importo! – ela exclamou com vigor. – E além do mais, ele não me disse nada grosseiro.

– E também você é prudente! Não é verdade que você é prudente? – disse Pietro todo carinhoso, passando a mão nas suas costas.

– Quero ficar só! – disse ela com tom arisco. – Vá jogar.

– Não, eu vou ficar aqui, Maddalena.

– Vá!

– Não!

– *Zio* Portòlu, diga a seu filho que volte a jogar.

– Pietro, meu filho, deixe a pombinha em paz. Venha aqui, logo! Ou quer que eu me levante com o cajado e faça você obedecer?

Pietro voltou para o seu lugar.

– He he! A velha raposa se faz obedecer! – alguém disse.

Maddalena virou-se para a janela e ficou olhando para fora, com o pensamento bem longe da cena barulhenta que acontecia às suas costas, os belos olhos perdidos em um triste sonho. Era uma noite agradável, leve; a lua navegava em direção ao sul, em um lago de vapores prateados: os arbustos negros do prado, aquarelados no fundo cinza, lançavam mais perfume que o normal.

Maddalena estava pensando em Elias; e então, pela segunda vez, quase evocada pelo seu pensamento inconsciente, a figura de Elias surgiu diante dela. Ele passou debaixo da janela; afastou-se naquele clarão transparente da lua. Aonde estava indo? Para onde ia? Maddalena sentiu um filete de lágrimas cair de seus olhos e um calafrio percorrer as suas entranhas até criar um nó na garganta.

Queria poder pular a janela, correr atrás de Elias, e envolvê-lo e sufocá-lo com a sua paixão. Mas ele desapareceu ao longe e ela engoliu secretamente as suas lágrimas. Elias tinha feito o seu voto, tinha dito mentalmente a seu irmão: "Durma tranquilo, Pietro, meu irmão; ela é sua, e mesmo que ela viesse e se jogasse nos meus braços, eu a recusaria".

Dispersados os vapores do vinho, ele sentia-se forte, e depois da crise que o tinha arrastado aos pés do Santo, estava quase alegre. Todos os projetos desesperados que, fermentados pelos licores e pelos olhares de Maddalena, tinham lhe girado no cérebro naquele dia – a ideia de tornar-se padre, a ideia de pedir a mão da filha do prior – tudo tinha evaporado com a embriaguez. Agora se sentia calmo, mas não só isso, também um pouco envergonhado por tudo o que tinha pensado e dito durante aquele dia turbulento.

Foi olhar os cavalos, que pastavam tranquilos ao luar, deu-lhes de beber, depois voltou para a igreja.

"Amanhã voltamos" pensava. "Depois de amanhã, partimos para o redil. Ficarei dois meses inteiros fora da cidade, com meu pai, com Mattia, com os amigos pastores. Que vida boa! Quando eu estiver sozinho, lá embaixo, todos estes dias, todas estas besteiras me parecerão um sonho. É, as festas são boas e os Santos são bons, mas o vinho, as pessoas e a diversão fervem o sangue, e se você não for muito esperto, mas muito mesmo, pode cometer grandes erros e ser induzido à tentação. Ah, bem, agora vou deitar e dormir, porque na noite passada eu não descansei nada; depois, amanhã... estrada... e depois de amanhã vou para longe, longe. É, Elias Portòlu, você está com medo de si mesmo?... Mas o que vejo ali? Um homem dormindo debaixo daquele arbusto; não, não é um homem; então o que é? Sim, é um homem... ah, padre Porcheddu!..."

Abaixou-se meio espantado e sacudiu o dorminhoco.

– Ei, ei, padre Porcheddu! O que é isso? Por que o senhor está aqui? Não sabe que este vento pode lhe fazer mal, e que tem cobra por aqui e insetos na grama?

Depois de sacudi-lo muito forte, padre Porcheddu acordou todo assustado, demorou para reconhecer Elias, arregalou mais os olhos, finalmente se refez e se levantou.

– É, é, saí depois do jantar, queria passear, mas acho que adormeci.

– Eu também acho! Se eu não tivesse visto o senhor por acaso, teria ficado aí quem sabe até quando, e quem sabe que susto levaríamos quando não o víssemos de volta.

– Não ache que eu bebi demais, meu caro, não. Eu saí assim, observando a lua, sentei-me aqui. É, você não sabe que eu já fui poeta?

– Sério?

– Não quer se sentar um pouco aqui? Olha que noite linda. Sim, eu fui poeta, e publiquei uma poesia, mas como era uma poesia de amor, então o que me fez o monsenhor? Disseram-me para parar, porque estas não são coisas para serem feitas por um sacerdote.

– E o senhor, padre Porcheddu?...

– Eu parei. Meu filho, eu sei que você me julga como louco...

– Padre Porcheddu!

– ... um louco, mas sou um louco que não faz mal a ninguém, e muito menos a mim mesmo. Eu sempre soube viver, sempre alegre, mas prudente. Então, desde aquela vez parei, mas ficou o hábito, às vezes, de criar. Olha que linda noite, meu filho. É uma daquelas noites que convidam a pensar, a retomar a própria vida, a arrepender-se do mal feito, a fazer bons propósitos pelo que está por vir. Você é inteligente, Elias Portòlu, não é um pastorzinho qualquer; você estudou e sofreu, e pode entender estas coisas.

– É verdade – disse Elias com voz profunda.

Padre Porcheddu, com o rosto voltado para o céu, olhava para a lua: até Elias levantou os olhos, olhou para cima: sentia-se estranhamente enternecido.

– Então, meu filho, – continuou – você entende todas estas coisas. Eu percebi que você é inteligente, e você olha para a lua não para adivinhar as horas, como todos os pastores, mas com um sentimento alto, solene. – (Elias, porém, não entendeu bem estas últimas palavras). – Talvez você também seja um poeta e, quem sabe, possa fazer poesias de amor...

– Isto não, padre Porcheddu.

Padre Porcheddu calou-se um pouco, pensativo, sério: depois declamou um quarteto em dialeto. Era uma *invocação do mês de maio*[7].

> *Maju, maju, bene eni,*
> *cun tottu sole e amore,*
> *cun sa parma e cun su fiore*
> *e cun sa margaritina...*[8]

E Elias não parava de olhar para a lua, perguntando-se se seria bom compor uma poesia para... Maddalena. Ah, então ele esquecia, e o demônio retomava o seu domínio! Mas a voz do padre Porcheddu ressoou, um pouco séria, um pouco trêmula, leve, porém vibrante, naquele grande silêncio de lua encoberta, do prado deserto perfumado.

– Você está olhando para a lua, Elias Portòlu, você está pensando em fazer uma poesia... Olha que eu adivinhei. Você está apaixonado.

– Padre Porcheddu!... – disse Elias assustado, abaixando a cabeça.

Percebeu, de repente, que aquele homem que estava ao seu lado possuía o seu doloroso segredo: e enrubesceu de vergonha e de cólera. Queria voar em cima de padre Porcheddu e esganá-lo.

– Você está apaixonado por Maddalena. Ei, não fique vermelho, não se irrite, meu filho. Eu adivinhei, mas não se assuste, não pense que todos percebem as coisas como percebe padre Porcheddu. Então, para que vergonha? Ela é uma mulher, e você é um homem, e sendo um homem, você está sujeito às paixões humanas, às tentações, diria *zia* Annedda, sua mãe. A vergonha não está nisso, meu filho; está em não saber vencer a si mesmo. Mas você vai vencer. Maddalena...

---

7) Itálico no original. (NdT)

8) Maio, maio, bem-vindo, / com muito sol e amor, / com a palmeira e com a flor / e com a margaridinha...

– Fale baixo... – disse Elias.

– Maddalena é para você algo sagrado. Quando olha para ela é como se você estivesse olhando para uma Santa: você entendeu, não entendeu?

– Sim... eu entendi... – sussurrou Elias.

– Ótimo, você entendeu: eu disse que você era inteligente! Veja, por que Deus criou o dia e a noite? Criou o dia para dar chance ao demônio de lutar contra nós; a noite para que possamos nos recolher em nós mesmos e vencer as tentações. As noites como esta são feitas para isso, porque nestas noites assim calmas, no silêncio, devemos pensar principalmente que a nossa vida é breve, que a morte vem quando menos se pensa, e que de toda a nossa vida só levamos para diante do Senhor as nossas boas obras, o dever cumprido, as tentações vencidas.

– E a poesia, então? – perguntou Elias, com um sorriso nos lábios. E parecia contente por pegar padre Porcheddu em contradição, mas a sua voz estava diferente.

– A bela poesia é a voz da consciência quando nos diz que cumprimos o nosso dever. O que você me diz disso, Elias Portòlu?

– Eu digo que é verdade.

– Ótimo. Então podemos ir. Está começando a serenar, e também você me disse que aqui tem cobra. Ei, ei, ajude-me a levantar, dê-me a sua mão... Ei, eu não tenho vinte anos para saltar como você. Isso, obrigado; agora deixe que me apoie em você. – O que você acha do padre Porcheddu? – perguntou, então, segurando o braço de Elias. – Esse daí é um louco, pode voltar tarde, beber, cantar, jogar pão para os cães, mas não é má pessoa. A consciência, sobretudo a consciência, Elias Portòlu, lembre-se da consciência! Ah, o que estou vendo ali? Uma coisa preta, olhe, será uma cobra?

– Não, é um galho seco.

– Vendo-me voltar assim, vão pensar que estou bêbado. Mas não me importa porque eu não estou. Você acha que eu estou?

– Ah não! – gritou Elias firme.

– Bem, então você vai se lembrar do que eu lhe disse!

– Vou lembrar.

– Eu amo a sua família – começou padre Porcheddu, mas logo se arrependeu dessas palavras, mudando habilmente de assunto, e por todo o tempo que ficou com Elias não tocou mais naquele assunto íntimo.

O nome de Maddalena não foi mais pronunciado: mas agora Elias se sentia outra pessoa, forte, calmo, quase frio, decidido a lutar orgulhosamente contra si mesmo. No dia seguinte de manhã partiriam. O prior antigo tinha entregue o estandarte, o nicho e as chaves ao novo prior, sorteado um dia antes; a priora tinha dividido o pão e as sobras das provisões e o último caldeirão de *filindeu*[9] entre as famílias da grande *cumbissia*. Desde o alvorecer, começaram os preparativos para a partida: as carroças foram carregadas, selaram os cavalos, encheram os alforjes. Partiram depois da missa; e o novo prior fechou a porta de entrada. Os cômodos, a igreja e o bosque ficaram desertos, deixados ali com o azul das solitárias montanhas ao fundo.

Adeus. A coruja deu um grito prolongado, cadenciado, vibrante no silêncio infinito do bosque. Nas noites perfumadas de aroeira, nos longos dias iluminados, ela é a rainha da solidão, ela impera sozinha, e o seu grito melancólico parece a voz fantástica da paisagem. Adeus. Os cavalos trotam, galopam, descem e sobem pelas verdes depressões da montanha; a boa e orgulhosa caravana dos parentes e dos devotos de São Francisco retorna para a sua pequena cidade, lá em cima, atrás das frescas pontas do monte Ortobene, retorna para o seu trabalho, para os seus redis, para as suas missas, para a sua vida dura. A festa acabou.

Zio Portòlu levava *zia* Annedda na garupa do seu cavalo, e Pietro a sua noiva. Elias desta vez galopava entre os primeiros da caravana; ele também frequentemente saía em disparada, com as narinas vibrantes e os olhos acesos, como inebriado pelo vento morno e perfumado que agitava as árvores floridas e que lhe passava no rosto com fortes carícias. No fundo, porém, estava sério: não cantava, não gritava como os outros, e não virava nem o olhar para Paska, a filha do ex-prior, à qual muitas vezes se encontrava

---

9) Sopa grossa que pode ser tomada fria. (NdT)

próximo. Paska não deixava de olhar para ele com seus olhos meigos, porém tímidos, mas ele pensava: "Por que devo enganar alguém, e ainda mais uma moça inocente? Não, não devo enganar ninguém, e muito menos a mim mesmo".

Recordava as palavras de padre Porcheddu e os bons propósitos feitos na noite anterior: por isso não olhava para Paska, distanciava-se de Maddalena e, sem perceber, procurava fugir de si mesmo, embriagando-se inocentemente no galope e nas corridas do seu ágil cavalo.

A égua seguida pelo potrinho era montada por *zio* Portòlu e por *zia* Annedda: Pietro e Maddalena tinham um cavalo muito manso, magricelo e bem fraquinho. Vinham, portanto, por último, e *zio* Portòlu, a todo momento, estava de olho neles. Por volta de meio-dia, chegaram ao rio Isalle; conforme o costume, pararam lá embaixo, para almoçar, sob algumas árvores, entre rochas cobertas de musgo florido, à margem da água corrente. O acampamento foi logo armado; acenderam as fogueiras, giraram os espetos, arrumaram as mesas. A tarde estava doce; grandes, altas árvores de oleandro surgiam ao longo do riacho, imóveis no ar quente; no fundo do vale, as colheitas de grãos resplandeciam ao sol. O nicho com o pequeno São Francisco foi colocado no chão, sobre um grande lenço estendido; e depois do almoço, homens e mulheres reuniram-se ao seu redor, ajoelhando-se, beijando-o e depositando uma oferta. Pietro veio com Maddalena e, mais para ser visto por ela do que por devoção, colocou uma boa oferta dentro do nicho; depois veio *zia* Annedda, depois Elias, que se deteve ali um bom tempo, olhando para o pequeno Santo com os olhos plenos de oração. Ah, ele sentia-se de novo perturbado; o calor, o torpor daquela tarde serena, o vinho e a presença de Maddalena atormentavam-no profundamente. Mas o pequeno Santo escutou a sua oração e deu-lhe coragem para se afastar e se deitar às margens do riacho, sob os oleandros, sozinho: sozinho e forte contra a tentação.

No acampamento, as mulheres conversavam, tomando café e se organizando para a partida: os homens cantavam ou faziam tiro ao alvo. Elias ouvia os estrondos dos tiros percorrerem o vale, repetirem-se nas verdes distâncias e voltarem multiplicados pelo eco: ouvia vozes distantes, distorcidas na quietude do meio-dia; o canto de alguns tentilhões, o barulho do riacho; e seus sentidos acalmavam-se na primeira leveza do sono, quando uma visão lhe apareceu. Era Maddalena, que tinha descido para se lavar. Quando o viu, ela não se perturbou, ao contrário, aproximou-se, agachou-se debruçando sobre ele... Ah, pare! Pare! Os seus olhos o encantavam, ardentes, fatais. Ele recordava o seu voto: «Pietro, meu irmão, mesmo que ela viesse e se jogasse nos meus braços, eu a recusaria...». Mas sentia uma agonia, um delírio que o sufocava e o cegava: queria poder fugir, mas não conseguia se mover, e ela estava ali ao lado, e os seus olhos entreabertos, ardentes sob as largas pálpebras, e os seus lábios e dentes lhe faziam perder a consciência.

– Maddalena, meu amor... – sussurrou, mas logo se arrependeu e começou a gemer de paixão e de dor. – Pietro, meu irmão! Pietro, meu irmão...

Acordou tremendo: estava sozinho, a água fazia barulho e os pássaros gorjeavam; mas não se ouviam mais nem disparos nem vozes. Levantou-se: quanto tempo tinha dormido? Olhou para o sol, que já declinava. Todos tinham partido, mas guardando o cavalo de Elias, ficaram dois pastores aos quais a caravana, em troca dos laticínios recebidos, havia deixado as sobras do banquete. Elias agradeceu-lhes e partiu. O seu cavalo voava, e o movimento e a ideia de alcançar logo os companheiros dispersaram a impressão ardente e agoniante que o sonho tinha lhe causado. Depois de quase uma hora de corrida viu *zio* Portòlu e *zia* Annedda, Pietro e Maddalena, parados sobre seus cavalos, numa parte elevada. Estavam-no esperando talvez? Os outros já estavam longe.

– Então? – gritou de baixo.

– Que o diabo lhe dê uma surra, – gritou *zio* Portòlu, – por que você demorou tanto? Dê o cavalo ao seu irmão, porque o dele empacou.

– Não, não vou dar.

– Elias, meu filho, obedeça a seu pai – disse *zia* Annedda.

– Não – respondeu Elias irritado. – Vocês me deixaram lá embaixo como um asno; não vou dar.

– Bem, leve você então a Maddalena: Assim não se pode continuar – disse Pietro.

"Ah, Pietro, o que você está dizendo?" gritou para si mesmo Elias; e arrependeu-se de ter negado o cavalo, mas não podia mais recusar, e nem podia reprimir dentro de si uma sensação de alegria.

Mas quando sentiu, na descida, o busto aquecido de Maddalena abandonado um pouco demais, como no sonho, sobre suas costas, e os braços dela apertados até demais na sua cintura, ele, que acreditava em sonhos, recordou o seu e ficou alerta.

Levados pelo forte cavalo, em alguns momentos, entre as curvas e os precipícios e as trilhas cavadas na rocha e cobertas de arbustos floridos, Elias e Maddalena encontravam-se sozinhos, silenciosos, colados, envolvidos em seu triste amor. Houve um momento em que Maddalena, de natureza apaixonada e fraca, não conseguiu se vencer.

– Elias – disse com voz um pouco trêmula – perdoe-me se o chateio!

– Oh! – disse ele balançando a cabeça.

– No ano que vem você vai estar levando na garupa do seu cavalo a sua esposa...

– A minha esposa?

– Sim, Paska. Então você vai ficar feliz.

– E você não estará feliz?

– Oh, eu estarei morta...

– Morta?... Maddalena!...

– Morta... para a vida... para o amor, quero dizer...

Não só a sua voz tremia, mas tremia também a sua mão, na cintura de Elias, e toda a sua pessoa abandonada sobre as costas dele. Ele também vibrou todo como uma corda arrebentada, e uma sombra velou-lhe os olhos: era a mesma angústia, a mesma embriaguez do sonho.

– Maddalena... – sussurrou, apertando-lhe a mão; mas logo se ajeitou, e disse em voz alta: – pensei que você estivesse caindo; ajeite-se, fique equilibrada.

Na sua alma, ressoavam fortes e insistentes as palavras de padre Porcheddu; e o seu voto não lhe saía da mente.

«Fique tranquilo, Pietro, meu irmão; mesmo que ela viesse e se jogasse nos meus braços, eu a recusaria».

Nuoro estava perto, lá em cima, atrás do contorno do vale iluminado pelo sol poente. A caravana parada lá no alto, com os cavalos cansados e suados, brilhando com o céu dourado ao fundo, esperava que todos a alcançassem, para entrarem juntos na cidade e girarem três vezes a cavalo em torno da igrejinha do Rosário, cujo sino já tocava, ao longe, sonoro, saudando o retorno do pequeno Santo.

IV

Eis que agora Elias está finalmente na infinita solidão da *tanca*, animado somente por alguns gritos, por alguns assovios de pastor, pelo tilintar dos rebanhos e pelo mugido dos animais. Densos bosques de sobreiros delineavam-se no horizonte, fechando o fundo sereno do céu. O pasto dos Portòlu anos atrás tinha sido desmatado, e agora se estendia aberto, vasto, tocado pelo sol. Às vezes, surgia um sobreiro aqui e ali entre o verde do prado, das árvores, das amoreiras; nos charcos a vegetação era macia e delicada, com perfume de menta e de tomilho. Os pastos abundantes, ao cair da primavera, eram de um verde dourado luminoso: os cardos abriam as suas flores douradas e violeta, as amoreiras as suas rosas selvagens. Somente debaixo das árvores e nos charcos a grama continuava verde e fresca. O pasto, embora plano e sem bosque, tinha esconderijos secretos, rochas e árvores; o riacho em certos pontos corria entre grupos de sabugueiros, por onde o sol mal passava, formando laguinhos verdes e misteriosos, circundados e atravessados por rochas, nas quais a água batia murmurando. Ao longo das margens, por um bom pedaço, a vegetação conservava-se fresca e macia: de noite o perfume do junco e da menta era quase irritante. O rebanho discretamente numeroso dos Portòlu alimentava-se pelo pasto; as ovelhas eram grandes porque tinham muita lã emaranhada, os cordeiros grandes e gordos. Em dois ou três dias seria preciso tosar o rebanho. Elias sentia-se fisicamente bem naquele lugar solitário e selvagemente belo onde tinha crescido, onde tinha passado a sua primeira juventude: a cada dia revia e reconhecia cada canto, cada esconderijo da *tanca*.

Os cães, um grande e preto, com olhos selvagens, olimpicamente parado sob a árvore à qual estava preso, e o outro pequeno, com o pelo espetado avermelhado, parecido com um leitão, tinham reconhecido Elias; e ele quase chorou fazendo carinho neles.

Além dos cães, havia no curral um leitão manso e travesso, com pequenos olhos vivos e carinhosos que pareciam olhos humanos, um gatão preto e um lindo cabrito branco, que servia de guia para as ovelhas, abrindo alegremente a estrada quando precisavam atravessar um trecho difícil ou cruzar o riacho. Quando não estava pastando, o cabritinho estava sempre perto de Mattia, seguindo-o passo a passo, correndo atrás dele, saltando em cima, fazendo mil gracinhas. Era um animalzinho adorável; entrava na choupana, perturbava o gato, brincava com o leitão ou com o cachorrinho, e dormia aos pés de Mattia.

A vida corria simples e primitiva no curral dos Portòlu, frequentado somente pelos pastores vizinhos e por alguns viajantes. Gente errada, ladrões ou coisa parecida não passava por ali: *zio* Portòlu era homem honesto e enérgico, Mattia um pouco ingênuo, Elias não sentia vontade nenhuma de retomar as antigas amizades, nem de fazer novas.

Agora ele amava a solidão, e muitas vezes, naqueles primeiros dias passados no curral, fugia até da companhia dos seus familiares quando não precisavam dele. Vagava por aqui e acolá, procurando lugares que lhe recordassem a sua mocidade, frequentemente comovendo-se. Ficava emocionado facilmente por qualquer coisa, mas sempre, logo depois da primeira comoção, irritava-se porque achava que aquilo era uma fraqueza, ainda mais porque seu irmão e principalmente *zio* Portòlu percebiam e riam dele.

– Ei, ei, você é o quê? – perguntava-lhe *zio* Portòlu. – Você virou um homem de queijo fresco, Elias, meu filho. Você fica pálido como uma menina por qualquer coisinha. É preciso ser homem, leão; não se emocione, não mude a expressão do rosto, não chore. O que é um homem que chora? É um chifre, é um nada. Vê o seu irmão Mattia? Não é inteligente como uma águia, e fica deslumbrado com muitas coisas: mas não chega a mudar de cor; e às vezes o deslumbre é até uma estratégia; ei, não olhe assim para Mattia, ele é mais esperto que você.

Depois destes pequenos sermões, repetidos à exaustão, Elias propunha-se a também ser esperto e forte, mas o que vocês querem? Certos pensamentos, certas lembranças, certas sensações o tomavam assim tão de repente que ele não conseguia se dominar, então voltava a amolecer, a ficar com raiva, a sentir vergonha.

Tinha levado consigo todos os livros que possuía, mas não pensem que estes volumes formavam uma biblioteca: eram o livro da Semana Santa, alguns livrinhos religiosos que lhe tinham sido dados *naquele lugar*, a *Batalha de Benevento*, livretos de poesias sardas e um velho herbário ilustrado. Escondeu-os em um lugar bem seguro e protegido, sob uma rocha, em um pequeno bosque de sabugueiros, o seu lugar favorito para descansar.

Mas *zio* Portòlu e Mattia (ele sabia ler) também tinham os seus livros: *Os Reis de França* e *Guerin Meschino*, e também *Os Fioretti* de São Francisco. Quantas vezes Mattia os tinha lido para si mesmo, para seu pai, para os amigos pastores! E que perturbação infantil aqueles homens fortes, que não queriam se comover por outras coisas, sentiam cada vez que liam ou escutavam as aventuras de Guerin ou a mensagem de *Os Fioretti*!

De todos os livros, Elias preferia ainda o da Semana Santa: sabia já de cor os Evangelhos e lia-os com certa facilidade também em latim. Ele ia para o bosque de sabugueiros, no ar fresco, na sombra perfumada dos juncos, perto da água murmurante e lia a palavra de Deus. Àquela hora, as tarefas do curral já tinham sido feitas: Mattia trotava em direção a Nuoro na égua seguida pelo potrinho, com o alforje cheio de queijo fresco e ricota; *zio* Portòlu, sentado na porta da choupana, entalhava e esculpia pacientemente uma abóbora, desenhando exatamente um episódio do *Guerin*, murmurando, falando com a abóbora, com o canivete, com os dedos, com o nanquim que usava; e os rebanhos descansavam à sombra das árvores, e o leitão, o cabrito, o gato e os cães dormiam. A *tanca* toda repousava no ardor do sol, sob o céu de metal claro, cinzento ao horizonte; nem um talo de trigo se mexia.

Elias relia o seu livro, embalado pelo murmúrio da água; mas mesmo naquela paz infinita o seu coração não estava tranquilo. Frequentemente, na metade de um versículo, uma lembrança lhe brilhava na mente, tirando toda a sua atenção: e aquela recordação não era boa, ah! Não era boa, não era boa!

Algumas vezes, ele adormecia assim, na calmaria profunda da tarde, e como sempre Maddalena lhe aparecia no sonho. E eram sonhos que o perturbavam e o provocavam dolorosamente, deixando-lhe uma má impressão pelo resto do dia. Ele esperava se acalmar e esquecê-los na solidão da *tanca*, longe dela; mas as lembranças dos dias passados com São Francisco, aquele sonho na margem do Isalle, aquele retorno fatal, eram recentes demais. O seu sangue estava ainda aceso e a sua vontade não bastava para vencer o incêndio: a solidão, as forças físicas renascentes, aumentavam a paixão.

Mas, sobretudo, aumentava a lembrança fixa, insistente, indestrutível do retorno da festa; os sonhos de Elias renovavam quase sempre aquela cena, pois as suas costas, a sua cintura, a sua mão guardavam intacta a impressão física do corpo e da mão de Maddalena: e a mente, recordando as palavras dela, perdia-se em uma vertigem de prazer e de angústia.

Ele irritava-se, mas não podia vencer a si próprio; às vezes os seus lábios pronunciavam o voto e ao mesmo tempo o pensamento se perdia lá na lembrança: então ele se cobria de palavrões, e queria se bater com o cajado, se castigar, mas era impossível vencer a si próprio.

"O meu pai tem razão," pensava "eu sou um homem mole de queijo fresco, um animal, um burro. Que necessidade há de se pensar em mulher, e principalmente em mulher que não se deve olhar? Não é possível viver de outra maneira? É preciso ser homem, leão; e eu sou um cordeirinho sem discernimento. Mas o que posso fazer? Não sou assim; se eu fosse assim, eu teria um coração de pedra. Mas, quem sabe, com o tempo essa loucura passará".

Pensava assim, mas não se consolava, porque sentia que aquela loucura duraria um longo tempo.

Enquanto isso, um desejo forte de ver Maddalena crescia a cada dia no coração; mas, pelo menos quanto a isso, o seu propósito era firme. Não somente por isso, mas tinha medo do dia em que Maddalena, Pietro e *zia* Annedda viriam para a tosquia do rebanho; ainda assim contava as horas que o aproximavam daquele dia e sentia, misturada ao medo, uma agitação prazerosa em senti-lo chegar.

Na véspera daquele dia, à tardinha, ele estava fechando uma passagem no muro da *tanca*: de lá se estendia o bosque vigiado por *zio* Martinu Monne, o "pai da selva". Onde estava *zio* Martinu? Elias ainda não o havia visto, embora o tivesse procurado duas ou três vezes.

De repente, *zio* Martinu saiu do bosque e aproximou-se do muro. Era um velho gigantesco, ainda forte e saudável, com longo cabelo amarelado e uma barba grisalha bem cheia; o seu rosto maciço todo enrugado parecia de bronze. Era majestoso, com suas vestes escuras e por cima um colete comprido, de couro cru; parecia um homem pré-histórico. Elias fez uma exclamação de alegria, saltou a mureta, apertou a mão do velho.

– Feliz de quem o vê, *zio* Martinu! Eu procurei o senhor duas vezes; como está?

– Que bom revê-lo! E só daqui a cem anos uma outra desgraça como aquela. Como você está? Eu estou bem: precisei me ausentar por vários dias – respondeu *zio* Martinu, calmo, com voz forte e pronúncia lenta.

Sentaram na mureta e conversaram bastante, contando cada um as suas novidades.

– No primeiro dia depois de ter voltado, – disse então Elias, – eu sonhei com o senhor. Eu estava no quintal, em casa, cansado, tinha bebido um pouco e adormeci. E sonhei com o senhor: estávamos assim, como estamos agora, diante deste muro. Como os sonhos se tornam realidade!

– Ah! Foi? – disse o outro, mas sem surpresa.

Elias não lhe contou precisamente o sonho, mas perguntoulhe: – O senhor acredita em sonhos?

– O que você quer eu lhe diga? Os sonhos, na verdade, não se tornam realidade, mas acontece frequentemente de idealizarmos algo, pensarmos muito nisso, e depois acabarmos sonhando com isso: depois acontece; nós achamos que é o sonho que está se realizando, quando, na verdade, é algo que simplesmente deveria acontecer.

Elias admirou mais uma vez a sabedoria de *zio* Martinu, mas negou com a cabeça. Estava pensando no sonho na margem do rio Isalle: será que ele tinha idealizado e desejado a conversa que teve com Maddalena? Não, ele achava que não.

– Amanhã, – disse depois de uma pausa, – amanhã vamos tosquear as ovelhas, *zio* Martinu. O senhor vem, não vem? Vêm minha mãe, Pietro, meu irmão, e a sua noiva.

– Ah sim, ouvi que o seu irmão ficou noivo. É uma boa noiva?

– Sim, parece boa. É bonita.

– É, isto não basta. Os quadros, que são bonitos, são pendurados na parede e só servem de decoração. É preciso que a mulher seja boa, seja apaixonada pelo marido, e não ame nenhum outro homem da terra.

Elias ficou pensativo e não respondeu. De qualquer modo, estava ficando tarde, o céu empalidecia, o bosque calava na quietude solene da noite: era preciso voltar para a choupana.

– O senhor vem, *zio* Martinu? Vamos esperar o senhor, venha mesmo.

– Vou, sim.

– Certo, não deixe de vir! – advertiu Elias, pulando a mureta.

– Nunca faltei com a minha palavra, Elias Portòlu. Mande lembranças minhas a seu pai.

– Está bem, boa noite.

– Boa noite.

Zio Martinu não faltou, pelo contrário, chegou bem cedo e ajudou os pastores nos preparativos para aquela espécie de festa campestre. A aurora alaranjada incendiava o leste, lançando esplendores de ouro rosado na grama nas pedras da *tanca*; a oeste o bosque calava sob o céu de ardósia clara.

Zio Portòlu aquecia uma pedra para fazer *giuncata*[10]. Elias e *zio* Martinu matavam um cordeiro grande igual a uma ovelha: removeram a pele, esquartejaram-no e tiraram as vísceras ainda quentes.

Pouco depois do nascer do sol, chegaram Pietro e as mulheres. Vinham lentamente, em uma carroça guiada por Pietro; ninguém foi ao encontro deles, mas Elias sentiu bater bem forte o coração. Maddalena desceu primeiro, ágil e desenvolta, tirou a poeira da roupa, ajudou a sua mãe e *zia* Annedda a descerem.

---

10) Tipo de queijo fresco moldado numa rede feita de ripas de junco. (NdT)

Enquanto Pietro descarregava a carroça (*zia* Annedda tinha levado pão fresco e bastante vinho), as mulheres foram em direção à choupana; Maddalena estava mais jovial e graciosa do que nunca; a blusa branquíssima, bordada e engomada, e a saia de tecido indiano escuro com a borda azul celeste ressaltavam as suas belas formas. Assim que a viu de perto, ficou sob o domínio daqueles olhos ardentes, Elias sentiu-se perdido. Mas naquela confusão prazerosa e angustiante teve força para raciocinar: "É preciso que eu não fique sozinho com ela, caso contrário serei um homem perdido. Devo me confessar para alguém, para que a pessoa me siga sempre e não me deixe nunca sozinho com ela, caso isso aconteça. Ah, estou com medo de mim. Mas contar para quem? Para a minha mãe, para o meu pai? Não, não é possível. Para Mattia? Não entenderia. Ah, *zio* Martinu!".

Respirou. *Zio* Martinu, enquanto isso, olhava solene, do alto, para a noiva, enquanto *zio* Portòlu fazia as apresentações, rindo com o seu riso forçado e ácido.

– Ei, javali velho, está vendo a noiva de Pietro? Chama-se Maddalena, e sabe bordar e costurar, e ninguém nunca disse nada sobre ela. Olhe para ela, a pombinha branca; não sente que exala um perfume de rosa? E esta é Arrita Scada, a velha pomba, está vendo, Martinu Monne?

– Estou vendo.

– Bom dia – disse *zia* Arrita, virando-se com curiosidade para o velho. – O senhor é de Orune, não é mesmo? Trabalha na *tanca* de lá.

– Exato, sou de Orune e trabalho lá, sim.

– Conversem depois! – gritou *zio* Portòlu. – Agora vamos beber *giuncata* líquida, comer o leite coalhado. Vamos, vamos logo!

– O sol acabou de surgir; não é hora de beber *giuncata* – disse Maddalena rindo.

– Minha filha, – sentenciou *zia* Arrita – devemos comer e beber quando somos convidados, esteja o sol alto ou baixo.

– Ha ha! Martinu Monne, está ouvindo a velha pomba? Eu bem que lhe disse que era sábia como a água!

Entraram na choupana onde estava Mattia, com o cabrito de um lado e o gato do outro; depois chegou Pietro e o quadro ficou completo. As mulheres sentaram-se nos banquinhos de sobreiro, Elias, silencioso, mas não triste, distribuiu as *corcarjos*[11] de casco de ovelha, e *zio* Portòlu destapou os *malunes*[12] cheios de *giuncata* e de leite. *Zio* Martinu dominava a cena e olhava obstinadamente para Maddalena. Comeram e beberam em abundância; a *giuncata* estava gostosa, e *zio* Portòlu ficaria ofendido se os convidados não tivessem raspado o fundo dos *malunes*.

Logo depois do café da manhã, começou a tosquia; as ovelhas eram pegas, amarradas, deitadas na grama sem apresentar a mínima resistência; e Mattia e Elias as tosqueavam muito bem com grandes tesouras com molas. A lã emaranhada e suja amontoava-se aqui e ali pelo chão, e as ovelhas, desamarradas, voltavam para o pasto pequenas de novo, tranquilas.

As mulheres, como de costume, preparavam o almoço, deixando o cordeiro para *zio* Portòlu fazer: Maddalena, porém, seguia obstinadamente Elias, como que atraída por um fio mágico, e toda vez que ele levantava os olhos, encontrava os dela, que pareciam querer seduzi-lo. De repente, ficaram sozinhos: Pietro tinha ido para a choupana, Mattia corria atrás de uma ovelha mais arredia que as outras e *zio* Martinu afastou-se para ajudá-lo.

Elias teve um momento de perturbação, de medo, de prazer inexplicável, ao se encontrar sozinho com Maddalena; sozinhos, entre a grama e os altos cardos floridos. O seu coração batia forte e uma vertigem de desejo varreu todo o seu ser como um furacão, quando os seus olhos encontraram os olhos apaixonados e suplicantes de Maddalena.

"Salve-me! Salve-nos!", dizia-lhe aquele olhar. "Você me ama, eu o amo, vim para lhe pedir que me salve, que nos salve. Elias, Elias!"

Mas ele acreditava estar se perdendo e a perdendo se continuasse ali olhando para ela: usou de violência consigo mesmo; olhou para longe. A ovelha corria no campo, seguida por *zio* Martinu e por Mattia que tentavam encurralá-la contra umas árvores.

---

11) Colheres. (NdT)

12) Recipientes de cortiça. (NdT)

– Que estúpidos! – disse Elias. – Se eu tivesse ido, a essa hora já estaria tosqueada.

E foi para longe, deixando Maddalena sozinha, no sol, entre a grama e os altos cardos floridos; sozinha, com as pálpebras de Nossa Senhora baixas, resignadas de dor.

– *Zio* Martinu, – disse Elias ao velho, enquanto Mattia estava à sua frente puxando a ovelha relutante, – faça-me um favor, meu *zio* Martinu, não me deixe nem um único momento com aquela moça.

Ele falava devagar, um pouco ansioso, um pouco envergonhado, com os olhos baixos. *Zio* Martinu olhou para ele do alto, demoradamente, intensamente: entendeu, não respondeu nada.

– Vou lhe dizer uma coisa... nesta tarde... Não pense mal, meu *zio* Martinu, – disse Elias levantando os olhos. – ... eu confio mais no senhor que em meu pai.

Zio Martinu não respondeu, não se comoveu, não sorriu; só bateu uma mão sobre o seu ombro e por todo o dia seguiu-o passo a passo como uma sombra.

O almoço foi bastante alegre e animado. *Zio* Portòlu anunciou a *zio* Martinu que Maddalena e o pequeno Pietro se casariam logo, depois da colheita dos grãos; mas o velho não pareceu muito alegre com essa notícia.

As mulheres e Pietro partiram por volta do pôr do sol; Maddalena parecia alegre, ria, brincava, virava para Pietro com contínuos sorrisos e não se importava mais com Elias. Mas Elias, movido também pelo seu amor próprio, não se iludia com aquela falsa alegria.

"Ela deve achar que eu sou idiota" pensava. "Então, melhor ainda; mas se soubesse... se soubesse..."

Em alguns momentos, achava que o coração fosse explodir e tinha um louco desejo de soluçar forte, de gritar, de dar socos na testa. Enquanto isso a carroça se afastava, e as mulheres em seus espartilhos cruelmente apertados e a figura em preto e branco de Pietro desapareciam ao longe, no verde horizonte da *tanca*, nas róseas lonjuras do pôr do sol. Adeus, adeus. Ele não a veria de novo mais assim, livre e apaixonada, na solidão da *tanca*, palpitante de amor ao lado dele, como naquela manhã de primavera. Tudo tinha acabado.

A carroça desapareceu ao longe e tudo ficou em silêncio, tudo ficou vazio ao redor de Elias. Mas virando-se para retornar à choupana viu *zio* Martinu que o esperava.

– Eu vou embora – disse o velho. – Quer me acompanhar, Elias?

– Vamos.

Partiram. O sol tinha se posto e os bosques e as distâncias calavam-se sob o céu de um róseo denso quase arroxeado; toda a *tanca*, as árvores brilhantes, a grama imóvel, as rochas e a água refletiam aquela luminosidade quente de rosa peônia: era uma paz quase religiosa, como de uma igreja iluminada por velas. *Zio* Martinu e Elias atravessaram silenciosos toda a *tanca*, e foram sentar-se sobre o muro, sérios e formais.

Elias sentia-se triste; não sabia como começar, e olhava obstinadamente para as mãos; *zio* Martinu entendeu em qual estado de ânimo se encontrava o seu jovem amigo e tentou tirá-lo daquele embaraço.

– Elias Portòlu, – disse seriamente, – eu sei o que você quer me dizer. Maddalena está apaixonada por você.

– Calado! – disse ele assustado, colocando a mão no seu braço. – Cada arvorezinha tem a sua orelhinha![13] – disse logo, para desculpar o seu espanto.

– Sim, – respondeu com voz grave o "pai da selva", – todo arbusto, toda árvore, toda pedra tem ouvidos. E o que é que tem? Isso que eu disse e que direi pode escutar qualquer um, começando por Deus que está lá em cima, e terminando no mais mísero empregado. Maria Maddalena o ama, você a ama; unam-se em Deus, porque Ele os criou um para o outro.

Elias o olhava encantado; lembrava a conversa tida com padre Porcheddu, os conselhos, as advertências naquela inesquecível noite de São Francisco. A quem dar ouvidos?

– Mas é a noiva do meu irmão, *zio* Martinu!

---

13) Provérbio sardo: *cada mattichedda juchet oricredda.*

– E daí que é a noiva do seu irmão? Ela o ama, por acaso? Não. Portanto não é dele e nunca será dele segundo as leis do Senhor. O matrimônio de amor é o matrimônio de Deus, o de conveniência é o matrimônio do diabo. Salve-se, Elias Portòlu, e salve a pombinha, como o seu pai a chama. Maria Maddalena aceitou Pietro porque lhe impuseram, porque ele tinha trigo, porque tinha cevada, fava, casa, boi, terra. O diabo estava operando. Mas Deus tinha planejado de outro modo. Ele fez com que você voltasse e se encontrasse com a moça: vocês se viram, vocês se amaram, mesmo sabendo que segundo os preconceitos dos homens não poderiam nem se olhar. Você não sente nisto uma força superior ao homem, que lhe indica o seu caminho? Não é a mão de Deus? Pense bem nisto, Elias Portòlu; pense... já pensou nisto?

– O senhor tem razão. Mas Pietro é meu irmão.

– Somos todos irmãos, Elias Portòlu. Pietro não é um ignorante, ele entenderá a razão. Vá, diga-lhe: «Meu irmão, eu amo a sua noiva e ela me ama; o que pretende fazer? Quer fazer seu irmão e aquela outra criatura inocente infelizes?».

Elias gelou só de pensar em falar assim com o seu irmão, e balançou a cabeça negando com dor e pânico.

– Nunca! Nunca! Pietro me mataria, *zio* Martinu!

– Para mim, você está com medo.

– Sim, para que esconder? Estou com medo, mas não da morte. É que Maddalena também estaria perdida, e Pietro também, e toda a minha família. Mas não é somente este o espinho que eu tenho no coração, *zio* Martinu. É que eu amo o meu irmão e não quero, mesmo que ele se conforme, que seja infeliz.

– Pietro consegue se conformar mais facilmente que você; tem um caráter diferente do seu. Eu entendo os seus bons sentimentos, Elias Portòlu, mas não os aprovo. Pense nas consequências; Já pensou nisto? Maddalena o ama perdidamente, eu li isso nos olhos dela. Se você se calar, ela se casará com Pietro, vai morar na sua casa, e vocês vão acabar se perdendo, já que a natureza humana é frágil. Está ouvindo, Elias Portòlu? Já pensou nisto? A tentação pode ser vencida hoje, pode ser vencida amanhã, mas depois de amanhã ela acaba vencendo porque nós não somos de pedra. Você já pensou nisto, Elias Portòlu?

– É verdade, o senhor tem razão! – disse Elias, com os olhos cheios de pânico.

Calaram-se por um momento; em torno deles o silêncio era intenso, infinito; a sombra caía nos bosques, o céu de peônia empalidecia em suaves nuances de violeta. E, de repente, Elias sentiu aquela grande paz indecifrável penetrar o seu o coração.

– Mas eu, – disse com voz diferente, – vou embora de casa.

– Vai se casar? Atenção, porque isso poderá ser pior.

– Não, eu não me casarei nunca.

– O que vai fazer, então?

– Vou me tornar padre. O senhor não se surpreende, *zio* Martinu?

– Eu não me surpreendo com nada.

– O que, então, o senhor me aconselha? No sonho que eu lhe contei, na primeira noite do meu retorno, o senhor me aconselhava a me tornar padre.

– Uma coisa é um sonho, outra é a realidade, Elias Portòlu. Eu não lhe digo que não se você tem a vocação, mas lhe afirmo que nem isso o salvará. Somos homens, Elias, homens frágeis como bambus; pense bem nisto.

– O que, então, o senhor me aconselha?

– O conselho eu já lhe dei. Vá, volte para a vila, fale com o seu irmão.

– Nunca... nunca... com ele, nunca!

– Então, fale com a sua mãe. É uma santa mulher a sua mãe: colocará um bálsamo sobre cada ferida.

– Pois bem, eu vou! – disse Elias com uma decisão imediata.

Tinha se decidido, e um raio de alegria brilhou nos seus olhos. Levantou-se, deu alguns passos; queria partir imediatamente, livrar-se logo daquele pesadelo que o perturbava: tudo lhe parecia fácil, tudo acertado; e por alguns momentos experimentou uma felicidade tão intensa como nunca em sua vida.

– Bem, não perca tempo – disse-lhe *zio* Martinu. – Vá amanhã mesmo, fale, não tenha escrúpulos, nem preconceitos. Eu o espero aqui amanhã a esta hora para que você me conte o que fez.

– Eu venho, *zio* Martinu. Boa noite e muito obrigado.

– Boa noite, Elias Portòlu.

E cada um tomou o seu caminho.

No dia seguinte, na mesma hora, os dois homens se encontraram no mesmo lugar, perto do muro da *tanca*. Ao redor havia o mesmo silêncio puro, infinito; o pôr do sol acendia os extremos cumes do bosque, um pássaro cantava ao longe; mas Elias estava triste, arrasado, com o rosto marcado de cansaço e de sofrimento como nos primeiros dias do seu retorno.

– Meu *zio* Martinu, – disse, – se o senhor soubesse como foram as coisas! É inútil, não posso, não posso falar, nem com a minha mãe, nem com ninguém. Ontem à noite eu estava decidido, eu parecia ter um coração de leão ou, para melhor dizer, um descaramento ousado. Então eu me deitei, dormi, e no sonho parecia que eu estava em casa, falava com a minha mãe... Tudo me parecia fácil. Acordei, levantei, parti e cheguei em casa: e me sentia alegre, cheio de esperança e de coragem. Chamei a minha mãe em um canto e senti subir aos lábios as palavras que eu já tinha preparado. Ela me olhou, e então, de repente, senti o meu coração bater forte e um nó me fechar a garganta. Ah, não, meu *zio* Martinu, é impossível, eu não posso falar, mesmo querendo. Eu poderia cometer um crime, mas revelar isso aos meus parentes, não. Não é possível.

– Tente de novo – queria dizer o velho. Mas Elias teve um gesto de repulsão, quase de revolta.

– Ah, não! – disse em voz alta. – Não me tente, meu *zio* Martinu; é algo superior às minhas forças: poderia ir lá mil vezes, mas não conseguiria nunca.

– É verdade – disse o velho, e pareceu tomado por uma recordação. – Lembro-me de um fato – disse pouco depois. – Era realmente algo bem grave, mas o homem era também muito mais forte que você, corajoso, ousado, violento. Devia cometer um crime (e já tinha cometido outros); devia matar um homem honesto. Parecia-lhe algo natural, facílimo, e no seu coração estava mais que decidido. Chega o dia, a hora designada: ele vai à casa do homem honesto, encontra-o jantando, pode matá-lo sem nenhum risco. Mas o homem honesto olha para ele, e basta isto para que o outro não consiga levantar o braço. E isto acontece duas, três, dez vezes.

Enquanto o velho falava, Elias o devorava com os olhos, esquecendo o seu afã ao escutar aquela história: ah, aquela história ele já conhecia, e não só isso, também sabia que o homem violento era o próprio *zio* Martinu. Todos por ali conheciam aquela história há anos e diziam que o homem honesto, que também veio a conhecê-la, chamou *zio* Martinu e deu-lhe um trabalho, fez dele o seu pastor e depois caseiro das suas *tancas*. Desde então, *zio* Martinu tinha se tornado o seu braço direito, o empregado mais fiel do homem que queria matar.

E Elias teve uma sensação de alívio; no fundo ele se envergonhava da sua fraqueza e das suas indecisões contínuas; mas se um homem de ferro como *zio* Martinu Monne, na sua orgulhosa juventude, não tinha conseguido vencer a potência de um olhar honesto, como podia ele, pobre menino fraco, vencer o pânico da confissão para os seus pais daquilo que lhe parecia um delito?

– O fato que lhe contei, – disse o velho, – não se compara, de certo, com a sua história; mas demonstra igualmente como sobre nós há uma força que nós não podemos vencer. Porém, se você puder, Elias Portòlu, procure fazer alguma coisa!

– Eu não posso fazer nada, *zio* Martinu! – disse Elias desencorajado.

– Talvez você deseje que eu me intrometa... – começou o velho, pensativo, depois de um breve silêncio; mas Elias apertou-lhe o braço e protestou orgulhosamente: – Nunca, *zio* Martinu! Nunca, nunca! Ah, nem pense que isso passa pela minha cabeça. E não é só isso, *zio* Martinu, se o senhor revelar o meu segredo, nunca mais nem olharei para o senhor.

– Você tem razão; não é conveniente. Verdade!

– O que, então, o senhor me aconselha?

– Eu já lhe aconselhei, Elias Portòlu. Faça alguma coisa, mova-se, tenha iniciativa.

– Eu tenho, *zio* Martinu. Vou deixar os eventos acontecerem. Então, se eu não puder resistir, farei o que eu lhe disse ontem à noite.

– Assim vai agir mal – disse o velho se levantando. – Tente de todos os jeitos, Elias, meu filho; o fato que lhe contei acabou bem, pela indecisão de um homem; mas o seu poderá terminar mal. Você sabe escrever; então, escreva, já que o seu irmão sabe ler. Entendam-se, prevejam o futuro. Eu não vou lhe dizer mais nada.

Uma luz de esperança brilhou nos olhos de Elias.

– Sim. Vou escrever.

Separaram-se, sem combinar outro encontro, e Elias foi em direção à choupana com o coração um pouco aliviado. "Sim, sim," repetia para si mesmo "escreverei para Pietro como fazem os cavalheiros; direi tudo a ele, e como ele é racional, vai me escutar: tenho caneta e papel; darei a carta a Mattia... não, eu mesmo a levarei, darei à minha mãe para que ela entregue a ele em mãos. Sim, é isso."

Por um longo tempo à noite, pensou e repensou em como escrever a carta; já sabia como começá-la e como terminá-la; o resto seria fácil. Na manhã seguinte, também se levantou firme no seu propósito; assim que pôde, foi para o seu lugar favorito, onde tinha escondido os seus livros e a caneta e um tubo de bambu cheio de tinta, e preparou tudo. Sentou-se perto de uma pedra elevada, procurou a melhor posição — e a posição era ótima para escrever confortavelmente — então ficou um pouco pensativo.

O riacho ali perto murmurava entre os juncos; uma brisa agradável serpenteava por entre os sabugueiros e a vegetação mais alta rendendo longos chiados. Sons vagos disfarçados, de perto e de longe, animavam a *tanca*, sob a luminosidade celeste da pura manhã.

Elias pensava, com as mãos, que já não eram mais brancas, firmes sobre a folha de papel comum esticada sobre a pedra. De repente, levantou a cabeça e ficou parado como se escutasse uma voz distante; então pegou a folha, a caneta, o tubo, colocou tudo de novo no esconderijo e voltou para a choupana. Não podia vencer a força superior da qual lhe tinha falado *zio* Martinu.

V

Chegou o verão. Toda a *tanca* ficou com um lindo amarelo pálido, enquanto nas árvores e ao longo da margem do riacho a vegetação tinha um vigor tropical. Que profunda delicadeza de cenários havia agora lá embaixo, nas manhãs esplendentes, nos crepúsculos de ouro rosado, nas noites brilhantes de estrelas, puríssimas, quando a lua nova descia misteriosamente sobre os bosques tranquilos!

Elias derretia-se de amor e de tristeza, mas não tinha um propósito, não movia um passo que impedisse o que estava por vir. Enquanto isso o tempo passava; Pietro tinha tido uma magnífica colheita e o casamento seria celebrado em poucos dias. Elias não tinha mais visto *zio* Martinu, e não procurava vê-lo; sentia um pouco de medo porque, em vez de conforto, o velho, que se fazia de sabichão, tinha colocado o inferno na sua alma.

"E se ele tiver razão?" perguntava-se às vezes; mas logo se rebelava contra este pensamento, mesmo porque sentia que não tinha força para agir, se mexer, revelar o seu segredo e, sobretudo, porque comprometia a felicidade de Pietro.

Mas a lembrança e o desejo de Maddalena, e o pensamento de que em pouco tempo ela estaria inevitavelmente perdida para ele, consumiam Elias. Ele procurava lutar contra o seu coração e contra os seus sentidos, rir da sua paixão, ser forte como *zio* Portòlu queria; que diabo! Há tantas mulheres no mundo; e além do mais, também pode-se viver sem elas e até sem amor; aliás, um homem de verdade deve rir dessas coisas!

Mas a batalha era vã; e sem a figura de Maddalena todo o horizonte de Elias esvaziava-se e ofuscava-se. Do mesmo modo como na festa de São Francisco ele tinha ardentemente desejado a distância, a solidão, o silêncio da *tanca*, agora estava ansioso para o dia do casamento de Pietro. Assim, pelo menos, tudo estaria encerrado para sempre. Pensava que depois ficaria curado, encontrando paz e saúde. Porque se sentia enfraquecer também fisicamente. O ardor daqueles longos dias luminosos e a frescura traiçoeira das claras noites perfumadas destruíam-no e causavam-lhe febre.

Na sua tristeza, ele era só ódio para a humanidade; inclusive seu pai e Mattia desagradavam-no e, então, fugia deles: vagava o dia todo pela amarelada e ardente solidão da *tanca*, e passava as noites ao ar livre.

Se dormia à tarde, depois de ter lido e relido os seus livros santos, acordava com a cabeça doendo muito; e de madrugada não conseguia dormir. Então ficava bastante tempo nos seus esconderijos, acomodado sobre as pedras, olhando a lua descer sobre o bosque, ou imerso em um abatimento doloroso. *Zio* Portòlu, a velha raposa, via muito bem o estado de ânimo e de corpo do filho, sem conseguir adivinhar a causa, e se entristecia, e brigava incisivamente com Elias nos poucos momentos em que ficavam juntos.

— Por que você se esconde? – ele gritava. – Que vida é esta? Se você planeja um delito, realize e acabe logo com isso; se você está apaixonado, lance-se. Você é homem? Um pedaço de palha, uma estatueta de queijo de vaca! Não vê que não consegue ficar em pé e que o seu rosto está verde como uma rã?

— Estou mal – dizia Elias, não para se desculpar, mas porque tinha um medo louco que *zio* Portòlu viesse a adivinhar o seu segredo.

— Se você está mal, trate-se ou morra; eu não quero ver gente fraca ao meu redor, quero ver leões, quero ver águias, e você é uma lagartixa.

— Deixe-me em paz, meu pai – suplicava Elias, afastando-se chateado.

— Vá para o diabo! Vá para o diabo! – gritava-lhe *zio* Portòlu; mas quando se encontrava sozinho, o velho se entristecia, sentia o seu coração pequeno como o de um passarinho.

— Está vendo que Elias está adoecendo. Ah, não. Meu São Francisco, leve-me embora, mas deixe vivos e fortes os meus filhos! Os meus filhinhos! Os meus pombos! Os meus passarinhos! Ah, que eles sejam felizes, e *zio* Portòlu pode morrer até desesperado. Elias, Elias, por que não se trata? O que eu vou fazer sem você?

Vou mandar sua mãe vir e levá-lo de volta com ela para a vila; e ela o colocará na cama e lhe fará os remédios com ervas, com sal, com as santas medalhas, como ela sabe fazer.

Enquanto isso, Elias errava por aqui e por ali, triste, desesperado, irritado consigo mesmo e com os outros. Uma noite *zio* Portòlu, atravessando a *tanca*, viu Elias em cima de uma rocha contemplando a lua.

– Será que está fazendo magia? Tramando um delito? Querendo se tornar frade? – perguntou-se o velho, olhando para o filho, com os olhos avermelhados mais do que nunca pelo calor daqueles dias luminosos. – Meu São Francisco, *Santu Franzischeddu mio*, cura este meu filhinho.

Retornou para a choupana muito angustiado: ah, realmente, o estranho comportamento de Elias envenenava-lhe a alegria do casamento de Pietro, que deviam celebrar no domingo seguinte. Enquanto isso, Elias, do alto da rocha, com os olhos vítreos fixos e como que fascinados pelo puro esplendor da lua, permanecia imóvel, imerso em confusas visões. Era a confusão, o zumbido, a vaga vertigem experimentada na primeira noite do retorno no pequeno quintal de sua casa. O vento leve que se movimentava nos bosques, longe, parecia-lhe uma voz confusa, ora doce, ora amedrontada. O que dizia? O que dizia o vento? O que sussurrava a floresta? Ele queria poder descobrir que voz era aquela, angustiava-se, enfraquecia-se, irritava-se por não conseguir. Parecia-lhe a voz de padre Porcheddu, de Maddalena, de sua mãe, de *zio* Martinu; recordava o sonho da primeira noite do retorno e o da beira do rio Isalle, e outros sonhos, outras visões distantes. E experimentava no fundo da alma uma angústia confusa, por aquela voz que não podia entender, por aqueles sonhos, por outras coisas que não conseguia lembrar.

A luz da lua batia-lhe no rosto, nos olhos, dando-lhe um encantamento de sonho. Ao seu redor, na linha dos bosques, nos longínquos horizontes, o céu desaparecia em um esplendor perolado: os rebanhos pastavam ainda, à distância, expandindo na solidão noturna o melancólico tilintar de seus sininhos. Elias nunca tinha se sentido tão triste como naquela noite. Estava lhe acontecendo, além disso, algo diferente; recordava os dias, os meses, os anos vividos *naquele lugar*; recordava com uma dor humilhante, que nunca tinha sentido, e pensava confuso: "Ah, se eu não tivesse pecado nem estado com más companhias, eu não teria ido para *aquele lugar*, eu teria conhecido Maddalena antes de Pietro, e agora não estaria tão infeliz. Fui domado, é verdade, mas me enfraqueceram como uma mocinha. E dizem que eu conto sempre as memórias *daquele lugar* para aparecer! Desavergonhado, Elias Portòlu, desavergonhado!".

E parecia-lhe enrubescer, e de novo os seus pensamentos se confundiam: tornavam as visões, as vozes confusas, a figura de padre Porcheddu, Maddalena, *zio* Martinu e outras figuras vistas *naquele lugar*. E a angústia confusa que lhe tomava o coração tornava-se cada vez mais pesada, esmagadora como uma rocha. Finalmente, pareceu-lhe ter uma recordação e ouvir a voz: sentiu um arrepio em suas costas, o seu rosto ficou lívido, os dentes bateram.

"Daqui a três dias ela vai se casar: está tudo acabado!" gritou para si mesmo. "É isto que me mata, e eu não faço nada, não me movo, não ouso..."

Foi tomado por um ímpeto de desespero, por uma loucura de projetos corajosos.

"Eu vou lá, eu vou me mexer. Não quero morrer: eu a amo, e ela me ama, ela me disse lá embaixo, na margem do rio Isalle... não, enquanto voltávamos... enfim me disse, e eu a beijei, e ela é minha, é minha, é minha... Eu vou... Ah, meu irmão, mate-me se quiser, mas ela é minha. Agora eu vou descer correndo, vou a Nuoro, ajeito as coisas. É possível consertar tudo: *zio* Martinu tem razão; mas é preciso agir depressa."

Moveu-se; mas logo sentiu calafrios muito fortes subindo-lhe da ponta dos pés e serpenteando-lhe por todo o corpo; sentou-se de novo com o rosto virado para a lua, com o semblante acinzentado, batendo os dentes. Recordava também o seu voto, na noite que tinha chorado como uma criança aos pés de São Francisco; mas agora aqueles propósitos estavam longe: parecia-lhe ter sido vencido pela paixão e não poder mais resistir. Pensava: "Antes me parecia que o dia do casamento não chegaria nunca: agora, ao contrário, está perto, é depois de amanhã: preciso me mover".

"Mas por que não posso me mover?" perguntou a si mesmo, em um momento de lucidez. "Tento me mover e não consigo: sinto os meus membros pesados como pedra. E estes arrepios? Estou com febre, estou ficando doente."

"Ah," pensou, então, assustado, "e se eu adoecer? Se eu não conseguir agir? E se enquanto isso... Ah, não, não, eu vou, eu vou."

Levantou-se cansado, desceu da rocha e encaminhou-se cambaleando, atravessando pelo resíduo da colheita e pelo feno brilhante perfumado ao luar.

Continuava ouvindo o melancólico tilintar dos rebanhos, a voz distante do vento no bosque. Ele estava indo: queria correr, mas não podia e, de vez em quando, parava, com um forte zumbido e agudos apitos dentro dos ouvidos.

De repente, deixou-se cair no chão sob uma árvore e, por entre os ramos, via a lua olhando para ele com um olho luminoso quase ofuscante. Aquele olho da lua foi a sua última percepção; depois só sentiu uma dor aguda no olho esquerdo, e sentiu como se lhe houvessem dado um golpe de machado; e o zumbido dentro dos ouvidos aumentava. Mas no seu sonho maligno continuava a caminhar, dizendo coisas bem estranhas. Parecia-lhe atravessar um lugar cheio de rochas monstruosas, de arbustos espinhosos, de cardos secos, iluminado pela luz azulada da lua.

No delírio, recordava perfeitamente aonde estava indo e o que queria; mas mesmo correndo, subindo pelas rochas, saltando os arbustos, suado, cansado, angustiado, não conseguia se afastar daquele lugar misterioso. E sentia uma ira, uma dor indescritível. Todas as suas articulações doíam, sentia a coluna ferida, os pés, as mãos, as têmporas pulsantes, e todo o seu ser inundado de suor; e continuava, continuava sempre, subindo por aquelas rochas que lhe davam uma sensação de terror, de medo, naquele clarão azulado da lua invisível que o circundava com uma luz estranha, mais triste e assustadora do que as trevas. Quanto tempo durou aquela sua luta tremenda contra as rochas, os arbustos, os cardos, aquela sua ira indistinta, aquele seu tormento opressor, aquele seu medo de monstros invisíveis, daquela luz assustadora, não soube nunca definir. Outras visões não menos monstruosas, mas confusas, obsessivas, que se entrelaçavam, que se dissolviam, retornavam, como nuvens trazidas pelo vento, envolveram-no e torturaram-no.

Chegou o momento no qual a sua alma cansada e vencida afundou em um escuro abismo de inconsciência, enquanto o corpo continuava a sofrer; e depois, uma triste luz de alvorada desceu no abismo e começou a ficar cada vez mais forte, e a sua alma percebeu o sofrimento do corpo, mas sem mais sonhos, e o rapaz febril reabriu os olhos para a realidade.

Encontrava-se em casa, na sua cama com a rude coberta de lá, no humilde quartinho branco. Uma luz melancólica de crepúsculo descia pela janelinha entreaberta: da estradinha chegavam gritos alegres de crianças, e do quintal, da cozinha, dos cômodos ao lado vinha um som abafado de vozes. Devia haver muita gente: o que diziam? O que faziam? Maddalena estava lá? E Pietro? Tinham se casado?

Elias sentiu-se gelar; mas o delírio já tinha passado, e mesmo que Maddalena ainda solteira aparecesse na sua frente, ele não lhe diria nada. Desejou, ao contrário, que o casamento tivesse acontecido; mas com este desejo foi assolado por uma violenta tristeza e invocou a morte.

Mas em vez da morte, voltava a vida, voltavam as inquietudes. Será que tinha falado durante o delírio? O que tinha acontecido? Como o tinham encontrado? Como o tinham transportado? Maddalena o tinha visto? Ela tinha sentido compaixão? Com esta ideia da piedade dela, sentiu-se enfraquecer, desejou até a morte.

Naquele momento, entrou *zia* Annedda: viu logo a melhora de Elias e inclinou-se sobre o travesseiro sorrindo de alegria e de piedade.

— Será que ela sabe? — perguntou-se Elias abaixando as pálpebras lívidas.

— Meu filho? Como você se sente? — perguntou a mãe, colocando a mão na sua testa.

— Mais ou menos.

— Deus seja louvado. Você teve uma grande febre, Elias. Quase que adiavam o casamento...

"Ela sabe!", pensou ele com dor.

– Mas hoje de manhã você já estava um pouco melhor. O seu irmão se casou às dez horas.

"Eles não sabem de nada!"

Mas este pensamento não bastou para aliviá-lo da dor indescritível que as palavras da mãe lhe causavam. Porque, no fundo, ele ainda tinha esperança: mas o que esperava? Nem ele sabia; esperava o desconhecido, o impossível, mas esperava.

Agora tudo tinha acabado. Fechou os olhos, não abriu mais a boca e não ouviu mais as palavras da mãe. Sentia todo o corpo dolorido e pesado, imóvel como uma pedra, e parecia que, mesmo que quisesse se mexer, não conseguiria.

Tudo tinha acabado.

Zia Annedda deixou-o só novamente; quando ela abriu a porta da cozinha e do quintalzinho chegaram a Elias mais claras as vozes dos convidados e algumas risadas abafadas. Ele abriu os olhos, viu as paredes onde morria a melancólica luminosidade do crepúsculo, pensou na alegria dos outros, que não se compadeciam dele, e sentiu ainda mais forte a sua grande dor, a sua solidão, o seu fim. E chorou silenciosamente, perdendo-se em uma dor mais obscura que a morte.

Enquanto isso, a notícia da sua melhora, espalhada por *zia* Annedda, tirou da alma da família e dos poucos convidados (todos parentes dos noivos) o mau agouro que a doença de Elias lançava. Quem ficou mais alegre foi naturalmente *zio* Portòlu.

– São Francisco seja louvado – disse, dando pulinhos. – Se o meu filhinho morresse, eu não sobreviveria. Vamos vê-lo, fazer-lhe companhia, vamos.

Por causa da tristeza, ele nem tinha bebido, e nem tinha feito as quatro trancinhas no seu cabelo; mas estava limpo, com os calçados lustrados com sebo, com o traje novo resplandecente. Só Maddalena parecia estar indiferente, com as largas pálpebras de Nossa Senhora abaixadas com resignação: ela estava sentada ao lado do marido, no quintal, e falava pouco, olhando para os seus anéis e mudando-os de um dedo para o outro. Pietro estava feliz; tinha o rosto barbeado, os olhos iluminados, os lábios vermelhos; e o seu traje de núpcias, com a gola alva da camisa bordada e as pontas sobre o colete de veludo turquesa, tinha lhe caído quase que perfeitamente.

– Vamos, vamos – dizia *zio* Portòlu, ansioso para ver Elias. E assim que abriu a porta do quartinho começou a contar piadas, rindo com o seu riso forçado, sem perceber a dor mortal que paralisava o filho.

– Vocês estão vendo o meu lindo, o lírio da nossa casa, que queria morrer justo no dia do casamento do irmão? Isso é coisa que se faça? Ah, mas eu o vi sobre as pedras, tarde da noite, e disse comigo mesmo: o pombo quer ficar doente. Então fomos, encontramos Elias ali embaixo daquela árvore, como morto, e tivemos que trazê-lo para cá com uma carroça. Isso é coisa que se faça?! Ah, você está com o rosto branco igual cinza de lareira, Elias! Ha ha! Quer beber alguma coisa? Ha ha! O vinho cura todos os males. O seu irmão se casou, você sabe? Levante-se, então, e vamos beber à saúde dos noivos.

– Deixe-o em paz – disse *zia* Annedda com voz submissa, puxando-lhe a barra do sobretudo. E ele se calou, vendo com tristeza os olhos fechados de Elias.

Os noivos tinham ficado no quintal, cercados pelos parentes: na realidade, a conversa não estava muito animada; sentia-se ainda uma atmosfera pesada, um tédio, que o comportamento tímido e frio da noiva certamente não conseguia dissipar.

Alguns moleques impertinentes apareciam na porta, gritando, pedindo doces, jogando pedras no muro. Na cozinha, a mãe da noiva e uma outra parente preparavam o jantar: *zia* Annedda ia e vinha do quintal para a cozinha, da cozinha para o quarto de Elias, na ponta dos pés, com o rosto branco e calmo. Que Elias ia melhorar ela sabia: acreditando que ele tivesse tomado algum susto, tinha lhe preparado e feito beber uma água especial, e também tinha lhe colocado uma medalha benta no pescoço, acendido o lampião para São Francisco, e finalmente pronunciado as *palavras verdes*[14], uma reza para saber se o doente vai viver ou morrer. As *palavras verdes* revelaram que ele ia viver;

---

14) Itálico no original. (NdT)

São Francisco seja louvado e Deus seja bendito em todas as suas santas vontades.

Aos poucos, as pessoas foram indo embora; ficaram somente dois irmãos, a mãe da noiva e uma vizinha amiga de *zia* Annedda. O jantar foi mais melancólico que o almoço; ouvia-se Elias gemer às vezes, e um véu de tristeza pesava sobre todos.

– Parece um jantar fúnebre – disse *zio* Portòlu, esforçando-se para rir, mas estava triste e achava que era mau-agouro para os noivos a melancolia que tinha pairado naquele dia de núpcias. Quando teve certeza de que não faltava nada à mesa, *zia* Annedda entrou no quarto de Elias levando-lhe um prato de sopa.

– Levante-se um pouco e tome, meu filho – disse amorosamente, esfriando a sopa com a colher.

Mas Elias fez uma careta de nojo e afastou a mão de sua mãe.

– Elias, meu filho, tome, seja inteligente: tome que vai lhe fazer bem.

– Não, não, não... – repetia ele infantilmente se lamentando.

– Anime-se, seja inteligente: se continuar assim, vai ficar doente de verdade, e estará cometendo um pecado mortal, porque o Senhor quer que conservemos a saúde.

Ele abriu os dois grandes olhos cheios de angústia e de sofrimento físico.

– Deixe-me em paz, deixe-me morrer em paz – disse.

Zia Annedda saiu e voltou com Maddalena: assim que a viu, Elias começou a tremer visivelmente, e não teve nem vontade nem força para esconder a sua perturbação. Só tentou sussurrar o seu cumprimento: – Boa sorte... – mas as palavras ficaram presas na sua garganta.

– Elias, por que está agindo assim? Por que não come alguma coisa? – disse Maddalena, fria e firme. – Você não é mais criança. Por que faz a sua mãe sofrer? Vá, seja inteligente, como ela diz.

Ele levantou-se imediatamente, pegou o prato e tomou, ofegando e tremendo todo como uma folha. Depois fizeram-no beber vinho, e ele entrou rápido em um torpor leve e agradável que logo se transformou em um sono tranquilo.

Mas na madrugada acordou e, assim que despertou, apesar do bem-estar físico que o sono lhe tinha proporcionado, sentiu um ímpeto de angústia indescritível, um desespero profundo. Maddalena estava lá, sob o mesmo teto, e Pietro estava feliz.

Elias sentiu que para ele tinha se acabado a alegria de viver, começava a dor da luta contra o ciúme, o pecado, a dor. À sua volta e dentro dele havia uma terrível escuridão: e ele sentiu ainda um desejo louco de levantar, de se mexer, caminhar, ir para longe. Era o seu destino.

"Eu vou," pensou "eu preciso ir, mover-me, ir para longe para nunca mais voltar: caso contrário, sou um homem perdido. Ai, ai..."

Virou contorcendo-se; fechou as mãos e bateu a testa no travesseiro, mordendo os lábios para sufocar os soluços e os gemidos, com raiva, querendo rasgar o peito, arrancar o coração e jogá-lo contra a parede.

VI

O outono avançava, levando uma doce melancolia para a *tanca*. Nos dias de névoa, a paisagem parecia mais vasta, com misteriosos confins além do esfumaçado limite do horizonte; e uma solidão mais intensa pesava nas *tancas*; as árvores, as pedras, os arbustos assumiam algo de grave como se eles também sentissem a tristeza do outono. Grandes corvos lentos e melancólicos cruzavam o céu pálido; a grama do outono renascia no resíduo da colheita enegrecido pelas abundantes chuvas dos últimos dias.

Em um desses dias de neblina, ainda quentes, porém tristes, Elias encontrava-se sozinho, sentado na entrada da choupana. Lia um dos livrinhos de oração e de meditações de sempre. O rebanho pastava ao longe; alguns carneirinhos graciosos do outono, brancos como a neve, baliam como lamentos de criança mimada.

Elias lia e esperava *zio* Martinu Monne, que tinha mandado chamar para lhe pedir um conselho.

"Desta vez," pensava "desta vez quero seguir o conselho do velho: ele tem experiência de vida, e quem sabe eu teria feito certo se tivesse seguido seus conselhos desde o início". "Basta" disse então para si mesmo, suspirando. "Agora já está tudo acabado."

Finalmente, a grande figura do velho surgiu no fundo esfumaçado da trilha, avançando firme e forte em direção à choupana.

Elias saltou de pé, guardou o livrinho e foi em direção a *zio* Martinu. Embora soubesse que a *tanca* estivesse deserta, recordando sempre o provérbio que diz que *cada arvorezinha pode esconder orelhinhas*, e querendo falar com segurança, conduziu o velho para um lugar aberto, com bastante espaço, sem árvores e sem rochas. Havia apenas algumas pedras no meio do resíduo da colheita, e sobre duas pedras Elias e o velho se sentaram.

Começaram falando de coisas indiferentes; sobre o que tinha feito *zio* Martinu em todo o tempo em que estava sumido, sobre as ovelhas, os cordeiros, o touro que tinha sido roubado de uma *tanca* vizinha. Mas, de repente, o velho olhou fixo nos olhos de Elias e mudou o tom.

– Por que mandou me chamar, Elias Portòlu? Quais as novidades?

Elias tremeu todo, enrubesceu e olhou ao seu redor: não viu ninguém; o bosque, as rochas e as árvores calavam com toda a névoa, sob o torpor do céu velado.

– Quero lhe pedir um conselho, *zio* Martinu...

– Outras vezes me pediu conselho e não seguiu.

– Agora é diferente, *zio* Martinu. E talvez teria sido melhor se eu tivesse seguido o seu conselho: mas basta, tudo está acabado agora. Eu desejo me tornar padre, *zio* Martinu. O que o senhor me diz?

O velho olhou ao longe, pensativo.

– Você ainda está apaixonado?

– Mais do que nunca! – desabafou Elias: e pouco a pouco a sua voz foi ficando fraca, lamentosa, quase voz de choro. – Às vezes, parece que vou enlouquecer. Ela é linda; ah, se o senhor visse como ela é linda, meu Deus! Eu me propus a não voltar para casa, a não vê-la; mas o demônio me tenta, meu *zio* Martinu; e ela também me olha, e eu tenho medo. É preciso procurar uma solução; caso contrário acontecerá o que o senhor me havia dito.

– Por que não se casa?

– Ah, nem me fale disso! – disse Elias, fazendo uma expressão de repulsa. – Eu não a trataria bem, sinto muito, talvez me tornasse mau, e o demônio me venceria de novo.

– Então Maria Maddalena olha para você?

– Ah, não diga nomes, *zio* Martinu! Sim, ela olha para mim.

– Mas, então, não é uma mulher honesta?

– Eu acredito que seja honesta, mas ela não ama o seu marido, nunca o amou, e o seu marido não a trata bem: cansou-se cedo, *zio* Martinu; e também ele se embriaga frequentemente e fica violento. Discutem bastante.

– Tão cedo?

– É, nestas coisas se começa cedo. Mas justo porque ela não o ama, tenho medo que Pietro acabe agredindo-a. Ele não quer que ela saia de casa, que vá à casa da sua mãe, que converse com as vizinhas.

– É ciumento?

– Não, não é ciumento, nunca foi, mas é colérico, bebe demais, abusa da sua boa condição.

– Ah, Elias, Elias! O que eu tinha lhe dito? Se você tivesse seguido o meu conselho! – exclamou o velho; mas logo balançou a cabeça e disse: – Mas quem sabe? Com você talvez teria sido a mesma coisa.

– Ah não! O que o senhor está dizendo? – disse Elias com fervor, enquanto um doloroso sonho brilhava em seus olhos. – Eu adoraria os seus pensamentos, as suas vontades...

– Oh, deixa estar! Você diz isso, mas chega um dia em que nós nos cansamos de tudo, e principalmente da mulher. Você acredita, Elias Portòlu, que este seu capricho dure por muito tempo? Chegará o momento em que você irá rir disso. Ela terá filhos, envelhecerá, não olhará mais para você, ela será como tantas outras mães de família daqui com roupas sujas, velha, relaxada, feia.

– O senhor se engana, *zio* Martinu. Este é o problema: ela não terá filhos nunca, ficará conservada por muito tempo, bela e jovem.

– E o que você sabe disso, Elias Portòlu?

– Minha mãe que disse, e ela entende dessas coisas. Acredito que o mau humor de Pietro tenha a ver principalmente com isso. Ah, *zio* Martinu, não me traia, estou lhe confiando tantas coisas que não diria nem mesmo para o meu confessor.

– Se você achava que eu poderia lhe trair, não deveria ter me chamado! Já ouvi histórias piores! – Contudo, – disse então o velho, – não importa que ela não tenha filhos, envelhecerá do mesmo jeito.

– Não acredite nisso, *zio* Martinu! É uma daquelas mulheres que com o passar dos anos, mesmo não sendo felizes, serão sempre cada vez mais lindas. Em casa ela não trabalha; se o marido a trata mal, os outros, principalmente minha mãe, a adoram; ela estará bem materialmente, será sempre linda. Além disso, eu não a amo pela sua beleza! Amo porque... é ela![15]...

---

15) Itálico no original. (NdT)

— Ela envelhecerá. Vocês envelhecerão!

— Ah, daqui até lá há muito tempo! O que senhor está dizendo? O senhor que é um grande sábio. Não sabe o que é a juventude? Acabaremos caindo em pecado mortal, e então?

— Mas você acredita, Elias Portòlu, que se tornando padre tudo vai acabar? O homem, o jovem não morrerá dentro de ti. Você poderá cair em tentação do mesmo jeito, e então não será mais um pecado, mas um sacrilégio.

— Ah não! O que o senhor está dizendo? – disse Elias assustado. – Então tudo vai ser diferente. Ela não olhará mais para mim; e também vou pedir para ser mandado para uma aldeia.

— Bem, tudo está certo, meu filho. Mas esqueça um pouco as outras coisas e me diga, você não é mais um menino: eles vão aceitá-lo? Para se tornar padre, é preciso tempo, é preciso estudo, é preciso dinheiro; nesse meio tempo, sabe-se lá se você poderá superar tudo isto, se poderá vencer a tentação!

— Uma vez anunciado o meu propósito, não terei medo: ela não olhará mais para mim, eu me vencerei. Não sou mais um menino, é verdade, mas também não tenho trinta anos como aquele pastor que vendeu o seu rebanho e que se tornou padre em menos de três anos.

— Tudo isto está certo; eu, porém, digo uma outra coisa: não gosto nem um pouco dos que se tornam padres por desprazeres, e principalmente por desprazeres amorosos. É preciso começar desde pequeno, é preciso ter vocação.

— Vocação eu sempre tive. Veio quando eu era menino e depois retornou quando eu estava *naquele lugar*. E não pense, *zio* Martinu, que se eu me tornar padre será por covardia, para ganhar dinheiro, para viver bem, como tantos outros. É porque acredito em Deus e quero vencer as tentações do mundo.

— Não basta, Elias Portòlu. O homem que se torna sacerdote não deve afastar só o mal, mas deve fazer o bem. Deve abandonar-se aos outros, deve, em uma palavra, tornar-se padre para os outros e não para si mesmo. Enquanto você quer se tornar padre somente para você, para salvar a sua alma, não a dos outros. Pense bem, Elias Portòlu: tenho razão, sim ou não?

Elias ficou pensativo: sentia que o velho sábio tinha razão, sim, mas não queria, não podia dar-se por vencido.

– Enfim, – disse, – o senhor me desaconselha, *zio* Martinu? Mas pense também o senhor se está fazendo bem ou mal: interrogue a sua consciência.

Zio Martinu, que não se descompunha nunca, pareceu tocado pela última observação de Elias: os olhos aguçados olharam para longe, em direção ao horizonte enevoado, enquanto a rude alma absorta ouvia vozes encantadas vibrarem naquele grande silêncio de deserto.

– A minha consciência me diria para me irritar com você, Elias Portòlu – disse depois de um momento de silêncio. – Como diz o seu pai, você não é um homem, você é um raminho, um bambu que se dobra ao primeiro sopro de vento. Isto é porque você está apaixonado por uma mulher que não pode ter, que não quis ter, então agora quer se tornar um mau sacerdote, enquanto poderia ser um homem propenso ao bem. Águias é o que precisamos ser, não tordos, Elias: o seu pai tem razão!

E enquanto Elias continuava oprimido por estas duras observações, o velho prosseguiu: – Você sabe o que é a dor, Elias Portòlu? Ah, você acha que bebeu todo o fel da vida porque esteve preso e porque se apaixonou pela noiva de seu irmão? O que é isso? Não é nada: um homem deve cuspir nestas pequenas coisas. A dor é bem diferente, Elias, é bem diferente. Você experimentou a angústia de ter que cometer um delito? E depois o remorso? E a miséria, você sabe o que é a miséria? E o ódio, sabe o que é? E ver o inimigo, o rival triunfar, tomar o que é seu e depois persegui-lo? E você já foi traído? Traído por uma mulher, por um amigo, por um parente? E alimentou por anos e anos um sonho, e então o viu desaparecer diante de si como uma nuvem? E já experimentou o que é não acreditar mais em nada, não esperar por mais nada, ver tudo vazio ao seu redor? Não acreditar em Deus, ou acreditar que Ele seja injusto e odiá-lo porque lhe abriu todos os caminhos e depois os fechou todos um a um, você sabe o que isso quer dizer, Elias Portòlu, você sabe?

– *Zio* Martinu, o senhor me assusta – disse Elias.

– Veja que homem você é! Fica assustado só de ouvir falar da dor do homem. Vá, levante-se e vá, Elias Portòlu, vá! Vá! Vá! Você é jovem, é saudável, vá e encare a vida: seja uma águia, não um tordo. Além do mais, o Senhor é grande, e frequentemente nos reserva alegrias que nós nem mesmo imaginamos. O homem não deve nunca se desesperar. Quem sabe se daqui a um ano você não vai estar feliz e não vai rir do seu passado? Vá.

Como sugerido, Elias se levantou e começou a se afastar, mas o velho disse: – Ei, vai me deixar sozinho? Não vai me levar para a choupana? Não vai me oferecer *giuncata* e leite?

– Vamos, *zio* Martinu: estou atordoado como uma ovelha louca.

E seguiram em silêncio. Na choupana, Elias deu ao velho leite, vinho, pão e uva, e ainda falaram de outras coisas. Antes de ir embora, *zio* Martinu voltou, de repente, ao assunto: – Além disso, sempre há tempo: quando você tiver realmente descoberto o que é a vida, se quiser se retirar, retire-se. Mas lembre-se daquilo que eu lhe disse: melhor ser homem do mundo propenso ao bem, do que homem do Senhor, inclinado ao mal. Adeus, cuide-se.

Elias ficou triste, mas calmo; aliás, sentia-se forte e envergonhava-se de sua antiga fraqueza.

"O velho javali tem razão: é preciso ser homem," pensava "é preciso ser águia e não tordo. Quero ser forte: bom cristão; sim, mas forte." E por muitos dias sentiu-se triste, mas não desesperado, e fez de tudo para tirar essas ideias melancólicas da cabeça.

O outono era extraordinariamente ameno e doce na *tanca*. O céu tinha ficado limpo, assumindo aquela leveza suave, inexprimível, do céu do outono sardo. Nos horizontes distantes, nas paisagens um pouco turvas parecia que o mar estava ali; em certas noites, o horizonte tornava-se de um róseo leitoso e perolado, com algumas nuvens de um azul pálido que parecia uma vela navegante. Na claridade do céu, o bosque se desenhava com uma tinta densa e úmida: as folhas caíam dos arbustos, mas alguns carvalhos, perdidos na vastidão da *tanca*, começavam a ficar dourados. E a grama suave e densa crescia recobrindo o resíduo marrom das colheitas; algumas flores selvagens, principalmente perto da água, abriam as melancólicas pétalas violetas.

O sol espalhava um calor agradável em cada cantinho, sobre as árvores, sobre os muros, sobre as rochas; e naquela delicadeza do sol, sob o tenro céu, com os seus prados de grama curta e fina, a *tanca* parecia cada vez mais vasta, sem fim, com limites perdidos na margem dos mares tranquilos do horizonte.

A vida no pasto continuava calma e, naquela estação, menos cansativa.

Zio Portòlu ausentava-se bastante e Mattia levava uma vida um pouco selvagem e calada. Mattia amava muito o rebanho, os cães, o cavalo: o gato e o cabritinho que se tornaria bode estavam sempre atrás dele, e ele falava com eles como se fossem amigos. Há algum tempo, estava ocupadíssimo fabricando colmeias de cortiça, porque queria ter um apiário na primavera seguinte. Era de gostos simples e não tinha nenhum vício, mas era supersticioso e um pouco medroso. Acreditava em mortos e em almas penadas; e nas longas noites da *tanca*, seguindo o rebanho, tinha muitas vezes empalidecido pensando ter visto vultos misteriosos no ar, animais estranhos que passavam correndo sem fazer nenhum barulho, e na voz distante do bosque, naquela imensa solidão de árvores e de rochas, ouvia frequentemente lamentos, suspiros e sussurros assombrados.

Elias invejava um pouco o caráter e a simplicidade do irmão.

"Olhe," pensava "ele está sempre calmo como uma criança de sete anos. No que pensa? O que deseja? Ele nunca sofreu e talvez não sofra nunca: não é um valente, mas é cada vez mais forte do que eu."

Naquela paisagem de outono, porém, depois da conversa com *zio* Martinu, pareceu-lhe ter finalmente adquirido uma certa energia; ou pelo menos estava conseguindo se controlar e fazer bons projetos para o futuro. Mas um dia, voltando para o vilarejo, presenciou uma briga entre Pietro e Maddalena. Naquela época, Pietro semeava trigo e a semente era armazenada em uma arca sarda antiga de madeira negra colocada no quarto do casal. E Pietro, achando que estava faltando uma certa quantidade, começou a discutir com a esposa.

– O que você acha que eu fiz com isso? – dizia Maddalena, bastante ofendida. – *Focaccia*[16], doces? Você sabe que nesta casa não há segredos, e está aqui a sua mãe que sabe de cada gesto meu.

– Ela tem razão, meu filho – confirmava *zia* Annedda. – Não pode estar faltando trigo: o que podíamos ter feito?

– Vocês sabem, mulheres! Vocês fazem o que querem, vocês têm necessidades secretas, futilidades, e para satisfazer os seus caprichos utilizam até as provisões, dizimam o que têm e enganam o pobre marido, que trabalha o ano inteiro para vocês.

Pietro falava no plural; mas Maddalena sabia que cada palavra era dirigida a ela.

– Fale para mim, – disse enraivecida, – não inclua a sua mãe. O trigo estava no nosso quarto.

– E dali sumiu.

– Quer dizer que fui eu?

– Sim – gritou Pietro.

– Seu imundo!

– Imundo quem? Eu? Estão vendo? A filha de Arrita Scada! Maldita hora em que me casei com você!

Esta e outras ofensas. Neste momento, chegou Elias, e *zia* Annedda saiu para o quintal para ajudá-lo a descarregar os alforjes do cavalo. Elias ouviu a discussão e sentiu o seu coração apertar.

– O que aconteceu? – perguntou com os dentes cerrados. – O que deu neles? Ah! – disse em voz alta, depois de ter escutado algumas palavras abafadas da sua mãe, – É uma infâmia. Pietro está ficando louco? E a nossa casa está se tornando a casa do escândalo! Está na hora de parar com isso!

– Pelo contrário, estamos só começando! – disse Pietro, em pé na porta, com olhos brilhantes de ira. – E você, cuide só das suas coisas, se não quiser que sobre para você também.

– Rapaz! – gritou Elias, – Preste atenção no que você está falando.

– Preste atenção você. Eu sou um homem e você não é nada! E não quero que se intrometa nas minhas coisas.

---

16) Tipo de pão recheado. (NdT)

– Parem com isso, meus filhos, parem com isso. Mas o que é isso? Isso nunca tinha acontecido na minha casa! – disse *zia* Annedda, magoada e palidíssima.

– Eu sou o chefe, – disse Pietro com arrogância, – é preciso que vocês ouçam; o chefe sou eu, e se tiver alguém que queira comandar, estou pronto para esmagá-lo como se faz com os gafanhotos.

Entraram na cozinha, e Maddalena, ao ver Elias, ao ouvir as palavras de Pietro e de *zia* Annedda, começou a chorar. Isto acabou irritando Elias contra Pietro, e Pietro contra Maddalena.

– Sim, são lágrimas que eu quero. Mulheres, mulheres! Quero boas ações, caso contrário, de agora em diante, tem gente que fará amizade com o cajado.

– Experimente, seu covarde! – gritou Maddalena com tom de ameaça, levantando-se. – Miserável, caluniador, covarde...

Pietro ficou vermelho de raiva e lançou-se para ela gritando: – Repita, repita, se puder...

– Você está bêbado...

– Pare com isso, meu filho! – gritaram em uníssono Elias e *zia* Annedda, contendo Pietro.

E Maddalena soluçava e repetia: – Caluniador, sórdido, desprezível, imundo!

– Agora eu mostro para vocês se estou bêbado ou se sou ruim! – gritou Pietro se soltando; e foi até ela e deu-lhe um tapa.

Elias ficou pálido; sentiu-se tremer: por sorte, *zia* Annedda o conteve, e Pietro teve ainda a prudência de ir embora, caso contrário aconteceria um desastre.

– Isto é para começar – gritou Pietro do quintal, com voz raivosa, mas irônica. – Você deveria ter se casado com ela, meu irmão, com essa joia! Agora vou me embriagar e, se quando eu voltar tiver alguém que queira levantar um dedo contra mim, veremos quem é o leão e quem é a lagartixa.

E saiu. Maddalena tinha parado de chorar assim que levou o tapa; tinha ficado branca como um cadáver e tremia inteira de ira e de dor, mas tinha, naquele momento, entendido que se não mudasse as suas atitudes, causaria grandes desgraças na família.

– A culpa é minha – disse com voz trêmula. – Perdoem-me, mas não acontecerá mais; já que eu tomei a minha cruz, saberei suportá-la. Perdoem-me, perdoem-me pelo escândalo, perdoem-me pela minha língua. – Ah! – disse então, enquanto Elias pálido e silencioso a devorava com os olhos e *zia* Annedda fechava a porta, – Que a minha mãe e os meus irmãos não saibam!

"Ela é uma santa!" pensava Elias. "Ah, ele não a merecia; ele é um monstro!"

«Você deveria ter se casado com ela!». Estas palavras de Pietro ressoavam-lhe na mente, no coração, na agitação de todo o sangue revirado.

"O que foi que eu fiz? O que foi que eu fiz? Que erro irremediável! Agora eles estão infelizes, porque ela não o ama, e ele deve estar irritado por isto, e eu... O que eu sou? Eu sou mais infeliz que eles, e eu a amo mais do que antes, e eu..."

Sentia um impetuoso desejo de tomar Maddalena nos braços e levá-la embora. Era a hora, era a hora! Quem os dividia? O que os dividia?

Mas *zia* Annedda retornou e ele voltou para a realidade.

Durante o resto da noite, teve, porém, oportunidade de ficar a sós com Maddalena; ela trabalhava silenciosa, sentada perto da porta aberta; suspiros pesados de vez em quando subiam-lhe do coração, e tinha as pálpebras violeta. Elias saía, voltava, não se decidia a partir: um fascínio fatal o atraía para aquela porta aberta, forçando-o a girar em torno da jovem mulher como uma borboleta ao redor da chama. Ele acreditava que Maddalena estivesse mais agitada do que realmente estava, e consumia-se mais pela dor dela do que pela sua. Lamentos vãos, inúteis remorsos, ira contra Pietro, desejos fatais perturbavam-no; teria dado a vida naqueles momentos de paixão para confortar Maddalena, mas agora não conseguia lhe dizer uma palavra e se irritava secretamente contra a sua timidez.

– Não vai partir? – perguntava-lhe *zia* Annedda suplicante. – Parta, meu filho, vá, que está na hora. Vá, que estão esperando; vá.

– Agora não – respondeu ele finalmente, chateado.

– Ah, meu filho, você quer fazer um escândalo! Vá, vá. O seu irmão voltará bêbado; vocês farão de novo um escândalo. Ah, meus filhos, vocês não têm temor a Deus e a tentação os ronda!

Maddalena suspirou quase gemendo, e Elias foi tocado pelas palavras da mãe. Era verdade: o demônio o tentava, e ele esperava com desejo ácido o retorno do irmão para xingá-lo, para descontar a dor e a humilhação de Maddalena. E não bastava; ele já olhava Maddalena com olhos diferentes de como a tinha olhado até então. Tomou consciência de tudo e sentiu um ímpeto de terror.

"Eu estou quase me perdendo, quase me perdendo!" pensou. "De que valeu o meu sacrifício? Cedi a noiva ao meu irmão para não vê-lo infeliz, e agora sou eu, eu mesmo, que quero desgraçá-lo. Mas é possível que eu seja capaz de tanto? Eu? Eu?" interrogava-se, então, com surpresa. Parecia-lhe ter se tornado um ladrão, e ficava surpreso e assustado com a sua mudança repentina. "Eu preciso ir embora para nunca mais retornar" pensou finalmente.

Decidiu-se e partiu, para o alívio de sua mãe, que esperava aquele momento com tremedeira. Maddalena permaneceu em seu lugar, e não levantou nem mesmo as suas largas pálpebras violeta de Nossa Senhora das Dores; mas ele, ao partir, envolveu-a em um olhar desesperado, e se foi com o coração mortificado.

Uma dor pesada, trágica tomou Elias desde aquele dia: começou a se desesperar consigo mesmo e por tudo, e a odiar os seus semelhantes. Até então, o seu desespero e a sua necessidade de solidão tinham tido algo de positivo e de bom; agora se tornavam ruins, ácidos, acompanhados por um instintivo desejo de vingança. Elias Portòlu sentia que a sorte, o gênio perverso que atormenta os homens, tinha sido injusto com ele: ele havia procurado fazer o bem, sacrificando a si mesmo e, ao invés disso, o bem tinha se convertido em mal. Por quê? Que fatalidade tinha o direito de colocar os homens sob o seu jugo? Na imensa solidão da *tanca*, sob o pálido céu de outono, na misteriosa dor da paisagem deserta, dos horizontes enfumaçados, a alma do pastor se propunha as terríveis tarefas dos homens refinados, mas não conseguia se dar uma explicação. Restava-lhe só a dor e, na dor, não só perdia a fé, mas começava também a se agitar o monstro da rebelião.

Mais de uma vez, Elias, vagando pelos limites da *tanca*, tinha visto *zio* Martinu, aquele velho pagão, cuja rígida figura dominava e ao mesmo tempo se fundia com a forte, triste e fatal paisagem: mas sempre fugia dele com raiva.

"É um velho animal" pensava. "O que é a dor? O que é a dor? Ele, o velho de pedra, riu de mim, mas com todos os seus delitos, as suas desgraças e a sua sabedoria não sabe que eu sofro em um dia mais do que ele sofreu em toda a sua vida. Que não apareça na minha frente com os seus sermões, porque se não eu o mato com o machado."

Porém sentia que o velho não lhe havia feito mal; pelo contrário, se ele tivesse seguido os seus conselhos!... Mas ele estava irritado com todos, e sobretudo consigo mesmo, e sentia uma cruel necessidade de fazer mal a alguém, mesmo que fosse a uma criança, não para sentir prazer, mas dor.

De fato, frequentava o curral um rapazinho, filho de um pastor vizinho, gente muito pobre. Era um pouco bobo, mas era bom, definhado, tão magro e negro que parecia uma estatueta de bronze. Ia quase todos os dias à choupana dos Portòlu, e brincava quieto com o gato, o leitão e os cachorros: Elias dava-lhe sempre pão, frutas e leite, e até vinho; e o rapazinho gostava dele. Mas um dia pagou por tudo aquilo. Elias encontrava-se sozinho na choupana e estava com um humor terrível, porque na noite anterior Mattia tinha trazido más notícias de casa: Pietro se embriagava toda vez que voltava do trabalho e xingava e maltratava Maddalena. A criança chegou com os passos silenciosos dos seus pezinhos descalços, abraçou o cachorro, depois entrou na choupana.

– O que você quer? – perguntou Elias rudemente.

– Quero leite!

– Não temos.

– Quero leite, quero leite, quero leite – começou a dizer o rapazinho sem parar.

Elias sentiu uma irritação física invencível: pegou o pequeno pelo braço e o expulsou, a chutes, para longe, insultando-o como a um adulto e proibindo-o de voltar. O menino foi embora tentando manter a dignidade, sem dizer uma palavra; mas depois de um tempo, Elias o ouviu chorar ao longe; um pranto desolado, desesperado, que vibrava tristemente na solidão; e teve um acesso de ira contra si mesmo, um ímpeto violento de morder a mão até sangrar. Aquele pranto parecia-lhe o eco da sua própria dor: e um infinito desespero o envolveu.

– Eu sou um animal, eu estou perdido. No que os outros são diferentes de mim? Somos todos maus; com a diferença que os outros não têm escrúpulos e se divertem, e eu sofro porque fui um tonto, porque fiz o bem a quem não merecia.

Ressurgiam, com insistência, do profundo da sua alma, as lembranças *daquele lugar*; e parecia-lhe que a dor sofrida pela condenação não tinha sido nada em comparação com a dor que sentia agora. No entanto, a lembrança da dor vivida aumentava a do presente; detalhes esquecidos retornavam-lhe amargos à mente; as lembranças das humilhações, dos abusos, das perseguições dos carrascos, como ele chamava os guardas da penitenciária, faziam-no ficar vermelho de ira. Ah, se eu pegasse algum deles com a minha mão, naqueles momentos, na *tanca* solitária!...

"Eu o faria em pedaços," pensava, rangendo os dentes, "e depois ainda lamberia o sangue da faca."

Enfim, parecia que um animal feroz se agitava dentro daquele jovem pálido, de aparência tranquila, que frequentemente estava sentado no batente da choupana, com as pernas abertas, com os cotovelos nos joelhos, imerso na leitura de livrinhos sacros.

E naquele período, vinham o frio e a imensa tristeza do inverno na solidão; e a má condição da saúde de Elias pesava-lhe bastante. Os longos dias de chuva, de neve, de sofrimento — já que é no inverno que o pastor sardo, que vive sem abrigo com seu rebanho, trabalha e sofre mais — o desconforto da choupana, sempre cheia de fumaça e de vento, e a luta contra a natureza acabaram exaurindo as forças físicas e morais de Elias.

Naquele tempo, durante certas nevascas que faziam as ovelhas morrerem de frio, voltou ao jovem a ideia de se tornar padre. Mas bem diferente da primeira! Na árdua luta contra a natureza e contra si mesmo, desesperava-se mais do que nunca, sentia um desejo rebelde de vida confortável, uma necessidade de trégua, e via a sua única saída na mudança de vida.

Ao mesmo tempo, um maligno fascínio atraía-o frequentemente para o vilarejo, para a casinha aquecida onde Maddalena trabalhava ao lado do fogo. Uma relativa paz reinava agora entre o casal: Maddalena, pelo menos, tinha se tornado prudente, e às vezes se ouvia somente a voz embriagada de Pietro. Mas fosse ela feliz ou não, Elias não estava mais em condições de cuidar dela. A semente do mal já tinha germinado; dia após dia, o copo vinha se enchendo com mais uma gota e estava para transbordar: Elias abandonava-se secretamente e inteiramente à sua paixão. Pensava: "Ninguém nunca saberá de nada, e muito menos ela; mas quem me impede de vê-la, de olhar para ela? Que mal estou fazendo? Não tenho outra alegria. Eu não tenho direito a um pouco de alegria?".

E a via frequentemente, e olhava para ela, e instintivamente desejava que ela percebesse; e ela percebia até demais, e inconscientemente correspondia aos seus olhares. E quando os seus olhares se encontravam, um calafrio, uma suspensão de vida, uma vertigem de triste prazer tirava-os de si.

Estavam perto de se perder: faltava-lhes somente a ocasião. No fim do inverno, Elias foi tomado por um verdadeiro delírio de amor; não raciocinava mais; e entre os atrozes sofrimentos sentia uma triste felicidade por ser amado novamente por Maddalena. Tudo o que antes lhe parecia pecado e dor, agora lhe parecia direito, alegre; tudo o que antes lhe causava horror, agora o atraía impetuosamente.

No último dia de carnaval, Elias, Pietro, Maddalena e outras duas jovens se fantasiaram. O casal estava bem, ou melhor, Pietro estava alegre, o que era inacreditável. *Zia* Annedda opôs-se um pouco à ideia de que eles se fantasiassem, mas não se importavam com o que ela dizia. Com o seu simples bom senso, a senhorinha desaprovava as fantasias, as festas, os desvios de conduta carnavalescos; e fez Maddalena prometer que, pelo menos, não dançaria, sobretudo com mascarados desconhecidos, principalmente nas danças populares, aquelas que permitem ao par se abraçar e se tocar.

Maddalena e as amigas estavam fantasiadas de gatas, vestiam duas saias escuras, uma presa na cintura, e outra no pescoço, e tinham a cabeça enrolada em um xale; os homens estavam fantasiados de turcos, com grandes túnicas brancas apertadas nos joelhos, e corseletes femininos de brocado com cores vivas, colocados pelo avesso, presos atrás e com a parte das costas no peito.

Saíram uma hora em que a estradinha estava deserta e desceram pelas ruas onde Nuoro assume um aspecto de pequena cidade: as mulheres iam um pouco timidamente, tentando mudar o passo, com medo de serem reconhecidas, contendo debaixo da máscara de cera as suas risadas de alegria infantil.

E os homens iam rudemente à frente, quase que abrindo a estrada para suas companheiras: de quando em quando Pietro emitia um grito selvagem, gutural, alongando o pescoço como um galo. Então Elias recordava os gritos de alegria dos cavaleiros para São Francisco em uma linda manhã de maio. Seu coração batia forte; desde o primeiro momento, ele, que sabia um pouco de danças populares porque tinha aprendido *naquele lugar*, tinha dito para si mesmo: – Vou dançar com Maddalena.

Não importava a proibição de *zia* Annedda, nem a promessa de Maddalena: ele estava sedento de desejo de dançar com ela, e enfrentaria qualquer obstáculo para realizar o seu plano.

Uma força selvagem e rebelde agitava-se dentro dele: enquanto há um tempo ele conseguia se controlar e querer o bem do próximo, agora sentia toda a audácia do mal e queria satisfazer os seus piores instintos. Sentia o seu semblante arder debaixo da máscara, e a fantasia apertada e desconfortável esquentava todos os membros. Além disso, o dia estava quente, com neblina, e na suavidade do ar sentia-se já o anúncio da primavera.

As ruas estavam cheias; fantasias barrocas e comuns andavam de um lado para o outro, entre um grupo barulhento de moleques sujos que gritavam impropérios e palavras indecentes. Mascarados sós, vestidos com cores vivas, passavam, seguidos pelo olhar questionador e debochado dos operários e dos burgueses; passavam senhoras, meninas, domésticas com espartilhos cruéis; grupos de moradores embriagados amontoavam-se em alguns pontos da avenida; e músicas melancólicas de violão e acordeon subiam e vibravam naquela atmosfera morna com neblina que deixava os sons mais precisos como em um crepúsculo de outono.

Era suficiente para perturbar a alma de Elias, avesso às grandes solidões da *tanca*. Ingenuamente, ele acreditava ter conhecido o mundo e estar pronto para tudo, só porque tinha atravessado o mar e visto aquela triste multidão encarcerada: ah, agora bastava aquele pequeno carnaval de Nuoro, aquela aglomeração multicolorida, aquela melancólica quadrilha levada por um acordeon errante, para que a sua alma se perdesse naquele mundo que não era seu, e para que as coisas parecessem diferentes. Sentia que toda aquela gente que caminhava, falava e ria era feliz, ou melhor, estava embriagada de felicidade, e ele também se abandonava sem escrúpulo na loucura dos seus desejos, em uma irresistível necessidade de alegria e de prazer.

Agora ele e Pietro caminhavam deixando no meio as mulheres, protegendo-as contra os empurrões e os maus modos dos moleques: Maddalena ia no meio, mas às vezes se esticava à frente e olhava ora para o marido, ora para Elias, que correspondia sempre a atenção daqueles olhos ardentes e oblíquos sob a máscara.

– Vamos fazer alguma coisa, vamos parar; ficar andando de um lado para o outro assim é uma tolice – disse Elias ao seu par.

– Como vocês quiserem – respondeu; e comunicou a Maddalena o desejo dele. Todos pararam.

– O que vamos fazer? – perguntou Maddalena.

– Dançar. Olha, estão dançando lá, vamos!

– O seu irmão quer dançar – disse Maddalena a Pietro.

– Não.

– Sim – disseram as mulheres.

– Minha mãe não quer.

– Vamos dançar a dança sarda.

E as três mulheres saltaram adiante com alegria, correndo para o lugar onde se dançava ao som do acordeon. Um círculo de gente dali, moleques, operários, quase todos com rostos pálidos e feios, curiosos, insolentes, rodeava alguns casais de mascarados que dançavam se batendo e rindo.

Um homem, vestido de mulher, com o rosto vermelho barbudo, com a máscara para trás na nuca, tocava concentrado e prepotente, com os olhos fixos nos teclados do acordeon. Era uma polca, tocada com bastante maestria, mas triste, melancólica como uma música de órgão.

O nosso grupo passou pelo círculo dos curiosos chegando até o espaço onde se dançava, enquanto alguns casais paravam ofegantes, cansados, mas ainda com vontade de dançar. Ninguém reclamou dos recém-chegados; pelo contrário, logo um homem vestido de frade, com o rosto pintado de amarelo, convidou para dançar uma de nossas foliãs, que aceitou sem muita cerimônia. Elias ficou ao lado de Maddalena; estava agitado pelo desejo de dançar, mas agora, justo no momento, não ousava por medo de Pietro.

– Toque a dança sarda – gritou ele ao músico.

E o sanfoneiro levantou os olhos, olhou fixo um momento para o turco, mas não parou.

– Silêncio! – gritaram os pares que passavam dançando em frente a Pietro.

– Está bem, silêncio! – disse ele como a si mesmo, completamente mortificado.

– Dancem vocês também! – disse a foliã que dançava com o frade, passando diante das amigas.

– Vamos dançar, sim, vamos dançar; O que vamos fazer aqui sozinhos? – suplicou dramática a outra foliã para Pietro.

Ele a olhou nos olhos, abriu os braços e disse: – Está bem, vamos dançar, senão você vai morrer de vontade; mas veja que eu não sei dançar e se eu pisar o seu pé será por sua conta.

Tomou-a pelos braços e começou a saltar e girar comicamente com ela: por sorte um folião, com um longo sobretudo de *orbace*[17] apertado nos lados por um cordão, veio solicitar a foliã, pedindo a Pietro para cedê-la. Então, Pietro chegou para trás, parou e viu que Elias e Maddalena estavam dançando juntos.

---

17) Famoso tecido sardo feito de lã. (NdT)

"Ah, eles sabem dançar!" disse consigo mesmo, afavelmente. "Se *zia* Annedda os visse, tenho certeza de que bateria neles!"

Elias e Maddalena dançavam bem, compostos: mas não se importavam muito com a dança, porque estavam, quase sem perceber, nos braços um do outro, envolvidos por uma embriaguez sem nome. Elias sentia seu coração bater quase que aflitamente, e Maddalena via girar rapidamente ao seu redor aquele círculo de rostos pálidos, feios, insolentes.

"Eu queria falar, mas o que devo lhe dizer?" pensava Elias, abraçando-a desesperadamente pelo busto, sob a saia escura que lhe descia do pescoço. Mas em vão procurava com angústia uma palavra, uma só palavra para lhe dizer. Sentia apenas um ímpeto louco de levantá-la entre os seus braços, de quebrar aquele círculo de tontos curiosos, de fugir para longe, para a solidão, gritando em um só grito toda a sua dor e a sua paixão. Mas Pietro estava lá, parado, terrível como uma esfinge sob a sua máscara que ria um riso grotesco, e Elias, há algum tempo, tinha um estranho medo de seu irmão.

Será que Pietro sabia? Será que tinha adivinhado? Era possível que ele fosse tão estúpido a ponto de não enxergar nos olhos do irmão a cruel paixão que o devorava?

"E o que me importa?" pensava Elias, depois de ter feito para si mesmo aquelas perguntas apavorado. "Que ele enxergue e que me mate; irá me fazer um favor."

E não sentia nenhum rancor de Pietro; só tinha medo, e frequentemente também uma estranha e infantil compaixão pelo irmão.

"Ele é mais desgraçado do que eu porque ama a sua esposa e ela não o ama" pensava. "Pietro, meu irmão, que erro nós cometemos!"

Enquanto dançava, envolvido pelo ímpeto dos seus desejos loucos, repensava confusamente todos estes pensamentos; e sentia paixão, piedade, medo, dor e prazer ao mesmo tempo. O som do acordeon, os barulhos da multidão, aquele caleidoscópio de rostos e de cores, a movimentação, a máscara e o contato com Maddalena perturbavam-no e ardiam-lhe o sangue. Houve um momento em que ele não viu mais nada: inclinou-se ofegando e disse a Maddalena algumas coisas que ela não entendeu, mas a fez olhar dentro de seus olhos. Ele olhou para ela por um tempo, desesperadamente; e daquele momento em diante só teve um único pensamento fixo, devorador.

A festa acabou; o círculo dos curiosos se desfez e os nossos foliões voltaram a caminhar sem rumo pelas ruas por entre a multidão. Então a noite caiu, pálida e esfumaçada: e seguindo o grupo como em um sonho, Elias encontrou-se na estradinha, diante da casinha silenciosa, em frente à cerca viva imóvel no crepúsculo. O gato parado na janelinha, com os olhos fixos ao longe, parecia imerso na contemplação das montanhas cinza e arroxeadas que encerravam o horizonte. Via-se o fogo arder no fogão.

Zia Annedda esperava sentada no quintalzinho, com as mãos entrelaçadas sob o avental; rezava esconjurando a tentação que podia assaltar os seus filhos mascarados (para ela a fantasia era um símbolo do demônio); e quando eles chegaram, ficou aliviada. Talvez um espírito maligno interno lhe sussurrava que a sua oração era em vão; que o demônio venceria, que com a volta dos seus filhos mascarados, o pecado mortal entrava na casinha até então pura.

– Vocês se divertiram? Já era hora de voltar! – disse toda sentida.

– Demoramos – reconheceu Maddalena, mas sem culpa. – Venham, venham, estou morrendo de calor.

E foi à frente das foliãs subindo a escadinha externa: enquanto isso Elias tirava a fantasia, e Pietro, que já tinha tirado a sua assim que entrou, correu até a jarra d'água, levantou-a e bebeu avidamente.

– Mas você está com sede mesmo! – disse *zia* Annedda,

– Sede e fome, mamãe; quero comida, porque depois vou ao baile da madrugada.

E foi para a mesa da parede onde estava a cesta de pão e o que tinha sobrado da comida. (Naquele dia, os Portòlu tinham tido um farto almoço; favas cozidas com banha de porco, e *cattas*, espécie de rosca frita de massa fermentada, com ovos, leite e aguardente.)

– Você está louco – disse *zia* Annedda. – São Francisco o acalme. O que está pensando em fazer? Você jantará conosco, depois irá dormir: isso não é noite para sair. Vá e troque de roupa.

– Que nada, minha mãe! O carnaval só acontece uma vez no ano! Eu vou ao baile e o meu irmão Elias também irá. Não ficamos juntos há muito tempo!

Elias, todo rosado e bonito com sua roupa de mulher, ficou com o semblante sério. As palavras do irmão causavam-lhe dor? Ou envergonhava-se do ímpeto de alegria causado pela ideia de Pietro de passar a noite fora?

– Você está enganado se acha que eu vou ao baile – disse; depois tomou forças e disse: – era melhor que você também não fosse.

– Está ouvindo, Pietro?

– Não, eu vou. Agora eu vou jantar, depois vou. E você também vai, Elias; verá que diversão. Vem jantar.

– Não, não, pelo contrário, eu vou é trocar de roupa.

– Dê-me um pouco de vinho, mãe. Ah, se a senhora soubesse como nós nos divertimos! Danç... não, não dançamos, não acredite, caso digam para a senhora! – exclamou Pietro, com a boca bem cheia. – É preciso aproveitar a juventude: e além disso, que mal tem? E também eu não sei dançar, mas me divirto do mesmo jeito. Ah, aquelas mulheres, nossa, como se divertem. Oh, e aquele frade! E aquele sobretudo? Ah! Ah! – dizia rindo como que consigo mesmo.

– Está bem, preste atenção para não manchar o corselete, pelo menos, que São Francisco o acalme! Quer um pouco de queijo? Ah, a tentação os ronda, meus meninos; mas depois vem a quaresma. Vocês vão ao menos se confessar?

Elias estremeceu. Já há alguns segundos, ele estava parado à porta, indeciso, como que atento a uma voz distante.

– Se você jantasse com Pietro, e depois saísse com ele? – dizia-lhe esta voz. – Está ouvindo a sua mãe? Irá se confessar?

Mas ele não podia, não podia obedecer a esta voz: ah, a tentação o estava vencendo, ela o oprimia; era mil vezes mais forte do que ele. Inútil combatê-la, porque ela já tinha vencido, e há muito tempo. Ele foi trocar de roupa; depois se sentou no quintal, no lugar onde antes estava a sua mãe, e foi tomado por um único desejo: que Pietro saísse; e por um único medo: que Pietro ficasse em casa. Mas Pietro, pouco depois que as amigas de Maddalena foram embora, saiu para o quintal e disse ao irmão: – Não vem mesmo?

– Não.

– Você é burro. Eu vou me divertir: você abre a porta para mim?

Elias não respondeu: estava curvado com os cotovelos sobre os joelhos e a cabeça entre as mãos, tremia internamente de dor e de prazer, e já não ousava mais olhar para o irmão. E Pietro saiu.

– Vem jantar – disse *zia* Annedda duas vezes da porta.

– Não estou com vontade; estou me sentindo mal – respondeu Elias; e ficou um bom tempo imóvel na mesma posição: curvado com a cabeça entre as mãos.

De dentro ouvia Maddalena conversar alegremente, como nunca tinha visto, até a voz estava diferente; contava a *zia* Annedda todos os detalhes do baile à fantasia, e ria, e devia ter os olhos brilhantes, o rosto iluminado e a alma embriagada. Então as duas mulheres foram se deitar e tudo ficou em silêncio em torno de Elias. O fogo continuava a arder no fogão; uma quietude assustadora pairava no ar, no pátio tranquilo, na noite esfumaçada.

Ele levantou-se; estava com a coluna doendo, o coração pulsante; o sangue circulava agitado pelas costas, pela nuca, saltando na cabeça, confundindo-lhe os pensamentos. Neste estado de inconsciência, subiu a escadinha sem fazer barulho e bateu bem de leve na porta de Maddalena. Ela devia estar acordada porque respondeu logo: – Quem é?

– Abra – disse ele com voz abafada, – sou eu; preciso lhe dizer uma coisa.

– Espere – ela respondeu sem se inquietar.

E pouco depois abriu.

– O que você quer? Você está se sentindo mal, Elias? O que você tem? – Dizendo isso, olhou para ele e empalideceu. Talvez tivesse aberto inocentemente, mas, agora, vendo-o assim com o rosto pálido e com os olhos de louco, entendeu tudo e ficou perturbada.

Ele entrou e fechou a porta: e ela, que poderia ter gritado e se salvado, calou-se e não se moveu.

VII

Pietro voltou muito tarde, completamente bêbado. Elias abriu-lhe a porta, depois foi dormir, mas antes de raiar o dia ele já estava no quintal; e começava a amanhecer quando partiu para o curral.

Era um amanhecer triste, cinzento, mas não frio: o céu estava coberto por uma única nuvem escura, imóvel, que pesava como uma abóbada cinza de pedra sobre paisagens mortas. Elias cavalgava sozinho, perdido naquele silêncio mortal. Não se ouvia uma voz, não se movia uma copa de árvore: até os riachos, ao longo da beira do caminho, passavam verdes, frios, silenciosos. Elias tinha no rosto a cor daquele céu lívido, e os olhos redondos, verdes, frios e tristes como a água dos riachos.

Sentia-se como se estivesse acordando de um sonho divino e monstruoso ao mesmo tempo; e um monstro de felicidade e de angústia perscrutava o seu coração. A felicidade, porém, se se podia chamar felicidade, não estava nunca separada de uma sensação de angústia, enquanto nos momentos em que a dor do delito cometido vencia, e eram a maioria, nada o fazia melhorar.

A parte boa e confiante da alma de Elias despertava completamente, de repente, naquele amanhecer quaresmal triste e ameaçador, e perdia-se e amedrontava-se diante da realidade do fato consumado.

"Não é verdade, foi um sonho", ele pensava, apertando as rédeas com os dedos dormentes de pânico. "Um sonho. Isso. Eu não sonhei na margem do rio Isalle e na *tanca* tantas vezes? Mas não, não, não! O que você está dizendo para si mesmo, Elias Portòlu? Miserável, você está louco, a pior pessoa, o mais abjeto dos homens."

Mas enquanto se reprovava assim, a lembrança boa voltava, e todos os seus membros estremeciam de prazer e o seu rosto iluminava-se; depois ficava mais inquieto que antes, uma onda de vergonha e de remorso penetrava-lhe as veias; e de novo o terror e os ímpetos loucos de autoflagelação, de se estapear, de se morder as mãos avançavam nele como cães raivosos.

Então recomeçavam os impropérios.

"Você é um louco, vil, miserável, Elias Portòlu, um criminoso, o que podiam esperar de você a sua mãe, o seu pai, os seus irmãos? Você sujou a sua própria casa, traiu o seu irmão, a sua mãe, você mesmo. Caim, Judas, vil, fétido, imundo. O que você vai fazer agora? O que lhe resta fazer a não ser se dar um golpe de machado?"

E voltava a lembrança boa e sentia que já amava Maddalena até a morte, e que na primeira ocasião teria uma recaída; e com este pensamento seus cabelos se arrepiavam de medo. Assim fez a viagem. Passando pela porteira da *tanca*, levantou lentamente os olhos e viu, como que sonhando acordado, a paisagem que se estendia à sua frente, silenciosa e verde, de um triste verde invernal: as rochas, a linha do bosque, pesada e imóvel sob o céu cinza, tudo lhe pareceu diferente, tudo revoltado contra ele.

"O que eu fiz? O que foi que eu fiz? Como suportarei o olhar do meu pai?"

Não apenas o suportou, como também teve que escutar os discursos de *zio* Portòlu, que o feriam cruelmente.

– Você se divertiu, meu cordeiro? Ah, é possível ver no seu rosto: o seu rosto está com cor de fermento; você deve ter se fantasiado, e dançou, e ficou acordado e se divertiu; leio isso nos seus olhos, meu filhinho. E o seu pai estava aqui, trabalhando, com as orelhas em pé contra os malfeitores, enquanto você se divertia. Mas está bem; Não pense que eu sou invejoso; é o seu tempo, e o meu já passou, e agora é a quaresma. E *zia* Annedda o que está fazendo? Ah, ela me mandou *focaccia* e *frittelle*[18]: ah, ela não se esquece do velho pastor. E minha Maddaleninha, o que está fazendo? Está se divertindo? Sim, vamos deixá-la se divertir, a pombinha; ela é uma santa, como *zia* Annedda; aliás, ela se parece com Maddalena, mais do que com os filhos.

"Ah, se ele soubesse!" pensava Elias tremendo; cada palavra do pai o golpeava no coração; além disso, não conseguia se abandonar aos seus pensamentos na presença de *zio* Portòlu, e assim que

---

18) Iguaria doce de massa frita em forma espiral. (NdT)

pôde foi à procura da solidão, e sem confessar, desejou encontrar *zio* Martinu. Mas o velho não estava. Atravessando a *tanca*, Elias encontrou somente o seu irmão Mattia, que andava sem rumo tranquilo e calado, armado com um longo bastão. Ninguém mais. Sob aquele grande céu morto, na inércia de cada coisa, as *tancas* pareciam ainda mais desertas e extensas.

Elias pensava de novo no carnaval, nos sons, nas cores da multidão, na dança com Maddalena; e cada mínima recordação o fazia tremer. Ah, todos os que ele tinha visto estavam felizes, e só ele estava condenado a errar na solidão, e a felicidade se tornava um tormento para ele. Recomeçou a se rebelar: e também já que o primeiro passo tinha sido dado, já que a sua alma estava inexoravelmente perdida, por que não continuar a aproveitar?

"Sou um idiota", pensava. "Maddalena não pode mais viver sem mim, ela me disse, e eu lhe jurei que serei sempre seu. Por que devo fazê-la infeliz? Não faremos mais mal algum nesta vida; viveremos sempre como marido e mulher, e Pietro nunca sofrerá nada por nossa culpa." E o seu rosto iluminava-se ao sonhar com tanta felicidade; mas logo em seguida sentia o horror do seu sonho e queria rolar no chão, remover as rochas, gritar para o céu o seu pecado, bater a cabeça contra as pedras, para esquecer, para tirar da sua mente os desejos e as lembranças.

Ao cair da noite, foi vencido por uma tristeza, por um vazio invencível. Começou a olhar para o horizonte, para Nuoro, com o desejo de voltar, de ver Maddalena; vê-la ao menos de longe, e apertar-lhe pelo menos a mão, ou inclinar ao menos a cabeça no seu ventre e chorar como uma criança.

– Eu vou, eu vou – sussurrava, como na noite em que a febre o tinha derrubado sob aquela árvore. – Eu vou, eu vou.

E houve um momento em que se encaminhou; mas dado o primeiro passo percebeu que era movido não pelo simples desejo de ver de longe Maddalena, mas pelo pecado mortal, pelo demônio, pelo monstro da recaída.

"Aonde vai, Elias Portòlu? É possível que você não seja um homem?" E não foi; mas teve medo de si mesmo e da sua fraqueza; e teve a ideia de se jogar aos pés de seu pai, de confessar-lhe tudo e de implorar: – Amarre-me, meu pai, prenda-me entre duas rochas; não me deixe partir, não me deixe só, ajude-me contra o demônio.

"Ai de mim, ele me mata se eu lhe disser isto!" pensou então; "e teria razão em me esmagar com o pé, como uma rã".

Por alguns dias, combateu assim; vencida a primeira noite, foi menos terrível para ele vencer a si mesmo nos dias que se seguiram, e não voltou a Nuoro. Mas as forças o abandonavam, uma tristeza mortal não lhe dava trégua, nem de dia nem de noite: e sentia que retornando para a vila e revendo Maddalena não resistiria mais à tentação.

Então foi novamente à procura de *zio* Martinu, atravessou a *tanca*, saltou o muro e adentrou pelo bosque. Era uma noite limpidíssima de luar; o vento passava no alto das árvores, suscitando um tremular sonoro e contínuo; mas dentro do bosque, sob os sobreiros, não se movia uma folha. A lua passava entre os ramos, límpida, tranquila; sobre o fundo prateado, outras silhuetas do bosque se desenhavam negras como montanhas. Parecia a selva dos contos de fada.

Elias caminhava; os seus olhos aguçados distinguiam as imperfeições do terreno, os troncos na sombra, cada arvorezinha; de longe viu que a choupaninha de *zio* Martinu estava iluminada, e de repente, na tristeza que o acompanhava, sentiu-se aliviado.

Ah! Finalmente podia dizer a alguém o horrível segredo que lhe apertava o coração, e pedir ajuda e conselho; mas chegando à choupana, cumprimentou *zio* Martinu e caiu em desespero de novo. O que podia fazer aquele velho? O que lhe dizer? O fato estava consumado, e podia cair o mundo, não havia remédio. E o que tinha que acontecer aconteceria do mesmo jeito, qualquer que fosse o conselho do velho.

Tentou lembrar quantas vezes *zio* Martinu lhe tinha dado bons conselhos; ele sempre tinha se sentido aliviado, mas nunca tinha conseguido seguir aqueles conselhos. Pensando nisto, deixou-se cair sentado perto do fogo, com uma expressão de dor no rosto tão visível que *zio* Martinu logo adivinhou tudo.

– Onde o senhor estava? – disse Elias. – Eu procurei o senhor tantas vezes.

– Por que me procurou, Elias Portòlu?

– Há tanto tempo que não vejo o senhor.

– E agora aonde vai, assim de noite?

– Vim aqui, *zio* Martinu.

– Você esteve na vila?

– Não, depois do último dia de carnaval.

– Procurou por mim depois?

– Sim – disse Elias; então percebeu que *zio* Martinu adivinhava tudo e enrubesceu.

– Você está minguado, – disse *zio* Martinu, olhando fixo em seus olhos, – você está levando no rosto o sinal do pecado mortal. Para que me procurar se não tinha mais necessidade de conselhos?

Como nas outras vezes, Elias levantou os olhos arregalados, amedrontados e perdidos, de encontro aos olhos de javali do velho, selvagens e ao mesmo tempo doces: e *zio* Martinu sentiu bater aquele seu coração de pedra. Percebeu que Elias Portòlu, aquele rapaz bonito e frágil como uma mulher, na hora da tempestade, refugiava-se nele como o cordeirinho sob o sobreiro.

"Por que reprová-lo?" pensou; "Ele está sofrendo, é nítido, ele fica logo vermelho; bater nele é como bater com o machado no bambu". No entanto, perguntou-lhe com voz rude: – Por que veio agora, Elias Portòlu? O que quer que eu lhe diga? Ah... se você tivesse seguido os meus primeiros conselhos!

– Palavras! Palavras! – disse Elias, com verdadeiro desespero. – Como podemos saber se, seguindo os seus primeiros conselhos, meu irmão não teria me matado? Porém, eu não o teria ofendido como o ofendi agora; e então ele não me faria mal nenhum. Assim caminham as coisas do mundo, *zio* Martinu! E é a sorte, é o demônio que nos persegue.

– Por que você veio?

– Pois bem, sim, – continuou Elias, cada vez mais desesperado e irritado – sim, eu vim para lhe pedir conselho de novo, e estou certo de que o seu conselho será bom; e vim para lhe pedir ajuda e tenho certeza de que o senhor, para me impedir de voltar a Nuoro, até que a tentação pare de me atormentar, o senhor seria capaz de me amarrar, de me esconder; mas como saber se conseguirei seguir o seu conselho, se enquanto o senhor estiver me amarrando eu não vou tentar morder as suas mãos e escapar para ir fazer aquilo que o demônio quer?

– O demônio! O demônio! – disse o velho levantando os ombros com desprezo. – Você tem implicância com o demônio! Estou cheio de ouvir você dizer isso. Quem é o demônio? O demônio somos nós.

– O senhor não acredita no demônio? E em Deus?

– Eu não acredito em nada, Elias Portòlu! Mas quando pedi um conselho eu o segui, e quando pedi uma ajuda, beijei a mão de quem me ajudava, não a mordi; que a serpente o morda, Elias Portòlu!

Elias sorriu tristemente.

– É o modo de dizer, *zio* Martinu.

– Bem: por modo de dizer, então, eu lhe digo que, já que vem me pedir conselhos para não segui-los, e vem me pedir para eu lhe amarrar para depois morder a minha mão, foi inútil ter se deslocado, Elias Portòlu. Você acredita no demônio: Então, pegue-o pelos chifres e o amarre, mas cuidado para não ser mordido.

O velho era debochado, e mais do que das suas palavras, do seu tom espirrava aquele sarcasmo ácido que só o povo de Orune sabe dar às suas palavras. Uma angústia infantil espalhou-se sobre o semblante de Elias.

– *Zio* Martinu, – disse suplicante, – esta é toda a sua sabedoria? Matar um desesperado?

– Ah! Elias Portòlu, eu não sou um sábio; mas sei que em cada um é colocado o sapato de acordo com o pé. Você, que acredita em Deus e no demônio, veio pedir conselho a mim, que acredito somente na força do homem; você errou e eu errei também, dando-lhe conselhos que não estavam conformes à sua índole: Então, é até aí que vai a minha sabedoria, Elias! Ah, o jumento é mais sábio do que eu! Quem sabe se, estou sendo franco com você, em vez de tê-lo ajudado, eu o tenha prejudicado? Você precisa ir a um homem de Deus e pedir-lhe um conselho. Sempre há tempo. É o que lhe digo.

Elias percebeu que o velho tinha razão, e logo se lembrou de padre Porcheddu e da conversa numa noite de lua como aquela, na festa de São Francisco.

— Eu conheço um homem de Deus, de fato – disse; – uma vez me deu bons conselhos e me deixou forte contra a tentação: é um homem alegre, que se diverte, mas no fundo é um homem de consciência. E esperto! Ele também, assim como o senhor, *zio* Martinu, adivinhou logo o meu segredo, enquanto ninguém com quem eu convivo todos os dias adivinhou nada. Eu vou até o padre Porcheddu.

— É de Nuoro?

— Não, mas vive em Nuoro.

— Então, vá lá, vá logo.

— Estou com medo, *zio* Martinu.

— Medo de quê, pequena lebre? – gritou o velho.

— Tenho medo de ficar a sós com Maddalena – respondeu Elias com os olhos perdidos.

— Ah, Elias Portòlu, você me faz rir! Que animal é você? É uma lebre? Um gato? Uma galinha? Uma lagartixa?

— Sou um homem mortal!

— Então, – gritou *zio* Martinu, – eu vou com você, não o deixarei sozinho: você já se tornou um chato e se é para não o ver mais, se você quiser, eu o levo ao inferno.

Esta promessa fez Elias sorrir e o acalmou: via finalmente um feixe de luz à sua frente. Pensava:

"Sim, vou me confessar, vou comungar, salvarei a minha alma".

A dor e a paixão não o abandonavam um único instante, e o pensamento de ter que renunciar para sempre Maddalena, agora que ela era toda sua, dava-lhe uma aflição indescritível; mas o primeiro passo fora do caminho do pecado já tinha sido dado, e os outros pareciam menos difíceis.

No dia seguinte de manhã, *zio* Martinu veio buscá-lo, e os dois foram a pé até Nuoro. Durante a viagem, não trocaram nem vinte palavras: durante a noite, Elias tinha feito o seu exame de consciência, e agora, na estrada, repetia para si mesmo os seus pecados e os seus bons propósitos; mas à medida que se aproximavam do vilarejo, sentia-se oprimido por uma angústia mortal.

– Escute, – disse de repente, – se confia em mim, *zio* Martinu, melhor não passarmos em casa.

– Ah, que homem! – exclamou o velho, como que falando consigo mesmo. – ele vai se confessar por medo de si mesmo, não por temor a Deus, e não saberá nunca como vencer a si próprio.

– Ou melhor, não... vamos para casa! – disse Elias, meio irritado.

Por sorte, Maddalena estava fora; mas ele sentiu o quanto era fraco porque se entristeceu por não vê-la, e não ousou perguntar onde ela estava. Então ele e o velho foram até padre Porcheddu, e esperaram o seu retorno do coro. Padre Porcheddu era um bom cantor, mas não tinha a pretensão de se tornar importante; mesmo porque, vivia confortavelmente cuidado com amor pela irmã mais velha Anna, em uma casinha ainda decorada no estilo da terra natal, com altas camas de madeira com dossel, arcas de madeira negra e cadeiras com encosto de palha.

Da cidade, mandavam-lhe grandes provisões de vinho, de nozes, de cebolas e feijões e frutas secas; e a velha Anna sabia preparar todo tipo de conservas, de doces com mel e xarope de uva, e o café mais gostoso de Nuoro.

Quando ela soube que aquele jovem do olhar inquieto que procurava padre Porcheddu era filho de *zia* Annedda Portòlu, acolheu-o muito bem: ah, conhecia aquela santa velhinha, porque uma vez ela tinha cuidado da sua mão machucada, e sem querer recompensa.

– Pelas almas, pelas pequenas almas do purgatório! – dizia *zia* Annedda aos seus enfermos.

Finalmente padre Porcheddu voltou; era sempre o mesmo, rosado e alegre, e acolheu Elias com exclamações de alegria, mas olhando fixo para ele e maliciosamente.

"Ele também adivinha!" pensou o jovem, e sentiu-se empalidecer de vergonha e de angústia.

– Preciso falar com o senhor... – murmurou.

– E este velho carvalho? – perguntou padre Porcheddu, virando-se para *zio* Martinu. – Vamos, vamos subir. Annesa, traga café e mais alguma coisa, se tiver.

– Agora eu vou embora – disse *zio* Martinu. – Vou esperar na sua casa, Elias Portòlu. Bom dia, senhor padre; cuide bem desse rapazinho. – Mas padre Porcheddu não o deixou ir sem que *zia* Anninha lhe servisse um cálice de aguardente, depois mais outro cálice.

Então, *zio* Martinu voltou para a casa dos Portòlu e esperou sentado ao lado do fogão. Quando Elias voltou, Maddalena ainda estava fora, e ele ficou chateado, mas não mais como uma hora antes. Não. Agora queria revê-la para mostrar para si mesmo e um pouco também para *zio* Martinu o quanto já estava forte; ele a olharia sem paixão nem desejo, com olhos puros e arrependidos.

E realmente algo novo, uma chama pura e ardente brilhava agora em seu olhar; mas o seu rosto era de uma palidez mortal e as mãos lhe tremiam. *Zio* Martinu olhou para ele por um bom tempo, em silêncio, então lhe perguntou se precisavam voltar logo. Elias venceu o desejo de colocar à prova a sua força revendo Maddalena e partiu.

– Confessei, – disse ao velho assim que ficaram a sós, – voltarei em duas semanas para comungar, e porque padre Porcheddu deve me dar uma resposta.

– Que resposta?

– Vou virar padre – disse Elias, abaixando a voz. – Ah, está na hora! Essa é a minha estrada.

O velho não respondeu: parecia que a sua alma estava novamente longe da alma de Elias, e que nada mais lhe interessava da vida do jovem. Elias, porém, não ficou ressentido; sua alma também já estava tão distante do velho e de todas as coisas do passado!

Uma espécie de êxtase o envolvia: todas as angústias, as inquietudes, as vergonhas, as indecisões tinham acabado; diante de si via uma estrada branca e plana como o caminho que percorriam, e um fundo nítido, sereno, parecido com o horizonte celeste daquela bela manhã.

– Padre Porcheddu está interessado, ele fará tudo, e daqui a duas ou três semanas tudo estará pronto – dizia com voz confusa, falando mais consigo mesmo que com *zio* Martinu. – E tudo ficará bem, o senhor verá. Precisarei comprar algumas coisas, mas o meu pai tem dinheiro e nem parecerá que está me ajudando.

– Está bem, está bem; se este é o seu caminho, pegue-o de uma vez por todas – disse *zio* Martinu.

Chegando ao curral, separaram-se, e Elias nem mesmo agradeceu àquele homem que o tinha conduzido à salvação; somente disse a ele: – Não desapareça, *zio* Martinu.

O velho não prometeu nada e desapareceu; e um mês depois Elias o avistou de longe, mas não o chamou.

"Oh, oh!" pensou *zio* Martinu com um sorriso estranho nos olhinhos de javali "se ele está para se tornar um homem de Deus, de fato está começando bem!"

O que estava acontecendo com Elias? Um mês tinha se passado, a quaresma estava terminando, e padre Porcheddu ainda o esperava em vão. Nos primeiros dias depois da confissão, o jovem tinha vivido entre o céu e a terra; todo o passado tinha sido posto no esquecimento; todo o futuro apresentava-se leve. Ele sentia-se renascer com a mesma pureza e a suavidade com que ao seu redor renascia a natureza naquele princípio de primavera: rezava continuamente e esperava com uma leve ansiedade que aquelas duas semanas passassem. O rosto tinha se iluminado: os seus olhos tinham uma expressão e uma transparência infantil.

Mas quinze dias de espera eram demais: ah, padre Porcheddu não devia conhecer bem o coração humano, como ele se vangloriava, se acreditava que a alegria da confissão durava duas semanas em um coração revirado pelas paixões. O tempo passava, lançando um véu sobre a alegria de Elias; chegou um dia, na segunda semana, em que ele teve uma recaída de tristeza; era como a mão de um monstro invisível que o pegava pela nuca e o levava para um abismo.

No dia seguinte, Elias pensou em voltar para o vilarejo, em se lançar aos pés de padre Porcheddu; mas e se antes visse Maddalena? Um tremor percorreu-lhe todo com esta pergunta. Ah, era inútil, era inútil. Ele continuava amando Maddalena e não podia esquecê-la. No momento em que acreditava ter vencido, ter sepultado o seu coração, os sentidos, o passado, a paixão o pegava de modo mais forte e o revirava como uma folha no furacão. E a mão daquele monstro invisível que o pegava pela nuca continuava a empurrá-lo para o pecado. O seu semblante ficou pálido, os olhos foscos.

Um dia, enquanto estava, por acaso, perto do limite da *tanca*, pensativo e triste, viu algo extraordinário. Naquela manhã, como sempre, Mattia tinha ido a Nuoro; precisava retornar por volta do meio-dia, e agora a tarde morna de março reinava na *tanca*. Era uma agradável hora de sol, de sonhos; não se ouvia voz humana, não se via alma viva na vastidão da planície; o vento morno passava curvando a grama quente de sol.

E eis que em vez de Mattia, na égua de tornozelos brancos, sempre seguida do potro já grande, Elias viu chegar Maddalena. Seria uma alucinação? Um sonho da sua mente doente? Maddalena nunca tinha vindo sozinha ao curral. Elias olhou pálido, descompensado. Era ela, era ela: eram aqueles olhos ardentes, fixos nos seus, mesmo de longe, com força magnética.

Nem mesmo por um instante ele teve vontade, nem força de fugir: só se deixou cair sentado no muro. E Maddalena chegou sem pressa; mas assim que passou pela porteira, desceu agilmente e aproximou-se de Elias: tremia inteira e o olhava com uma paixão avassaladora. Ah, que expressão e que luz tinham os seus olhos escuros, ardentes, entreabertos, vistos de baixo para cima como os via Elias! Ele nunca os tinha esquecido, e naquele momento sentiu que aquele olhar lhe dava uma alegria de que um único instante valia por uma eternidade da alegria vivida na semana passada.

– E Mattia? – perguntou.

– Ficou no vilarejo; eu o convenci a me deixar vir: Pietro não está, sua mãe desceu até as oliveiras para colher azeitonas e voltará ao anoitecer.

– Maddalena, assim você nos leva à perdição! Por que você veio? Ela inclinou-se para ele delirante.

– E por que você não volta? Por que você não volta, Elias? Elias! Elias! Elias! – continuou a lhe sussurrar no rosto, segurando as suas mãos, aumentando o seu delírio, – Não vê que estou morrendo? Já que você não apareceu, eu vim! – E cobriu-lhe o rosto de beijos: ele não viu mais nada e mergulhou no mesmo delírio dela; e se perderam de novo.

Por toda a quaresma, padre Porcheddu esperou Elias em vão; perguntou dele e soube que o jovem retornava frequentemente à vila, e então ficou desconfiado.

"Deve ter tido uma recaída!" pensou. "E eu ficarei sem jeito com o monsenhor, agora que os documentos para aquele jovem entrar no seminário já tinham sido aprovados. Padre! Padre! Ele não quer mais ser padre! Ainda assim é preciso ter cuidado porque, senão, além de tudo, pode acontecer uma tragédia naquela casa!" Então, ele mesmo foi à procura de Elias até que conseguiu encontrá-lo.

– Eu o esperei – disse ele, olhando fixo em seus olhos. Mas os olhos de Elias, frios e maus, fugiram do olhar do homem de Deus: e o seu rosto estava desfigurado, queimado pela paixão e pelo pecado.

– Não tive como.

– Por que não teve como?

– Pensei bem; não sou digno de comungar e a minha decisão, por enquanto, não está bem discernida. Tem tempo, padre Porcheddu!

– Tem tempo, Elias? O que você me diz, Elias! Ai de quem espera o dia seguinte! Você caiu em pecado, o demônio o está arrastando.

– Não, eu não estou em pecado! O que o senhor veio me dizer? – disse Elias com indiferença.

Padre Porcheddu ficou assustado; teria preferido que Elias confessasse o seu pecado, mesmo se rebelando, mesmo blasfemando; mas aquela frieza, aquela dissimulação eram o cúmulo da perdição.

– Elias, Elias! – disse com a voz alterada. – Preste atenção aonde você está indo, volte para si mesmo... Ai de quem semeia na carne porque colherá corrupção, e feliz daquele que semeia no espírito porque colherá a vida eterna...

Elias balançou a cabeça muitas vezes.

– Eu não entendo estas coisas: só os sacerdotes as entendem; além do mais, eu não estou em pecado, eu não faço mal a ninguém; tire isso da cabeça, padre Porcheddu.

– Você não entende estas coisas, Elias, mas pode prever as consequências do seu pecado. Pense, pense, se um dia vierem a saber: que horror, que tragédia! Pense na sua mãe, no seu pai! Pense que o pecado não pode ser escondido por muito tempo, porque onde há fumaça, há fogo.

– Eu não estou em pecado – repetia o outro com obstinada frieza. – Não pode acontecer nada quando não há nada.

Dali não se movia. Padre Porcheddu o deixou, desesperado para salvá-lo; Elias, porém, ficou profundamente tocado por aquela conversa. A sua felicidade era tão horrível, amargurada pelo remorso, pelo medo, pelo horror do pecado! Pensava em todas as coisas que padre Porcheddu lhe havia dito e as repetia continuamente; mas não podia ou não tentava se vencer. Depois do prazer experimentava toda a laceração da dor, do remorso e do desgosto; mas voltava a procurar a sua felicidade cheia de culpa para fugir daquela dor, daquele remorso. Além disso, ele, nos momentos mais tristes do seu desespero, começava a sentir desgosto e desprezo por Maddalena.

"É ela a tentação" disse consigo mesmo, depois da conversa com padre Porcheddu. "Foi ela que me levou à perdição: por que veio? Por que me tentou? Não pensa em Deus, na vida eterna, aquela mulher?"

Depois se arrependia daquele desprezo, lembrava como Maddalena o amava, e sentia-se atraído por ela com uma ternura ainda mais profunda, com um amor ainda mais ardente. Mas a palavra de padre Porcheddu tinha lançado boa semente; o remorso e a dor tornaram-se mais intensos no coração de Elias, e ele voltou a pensar que devia procurar paz em outro lugar que não fosse perto de Maddalena.

– Um dia ficaremos velhos, – disse-lhe uma vez, – o que faremos então? Deus nos perdoará?

– Não falemos dessas coisas! – disse ela irritada. – Oh, talvez você queira se tornar padre, como dizia na festa de São Francisco? – E riu.

Ele estremeceu e não respondeu, mas o seu desgosto e a sua irritação com Maddalena aumentaram. Se ela lhe tivesse respondido no mesmo tom, demonstrando esperança na misericórdia do Senhor, ele teria se comovido e a teria amado mais, mas o deboche e o despeito dela tornaram-lhe por um momento odiosa. Desde aquela noite, começaram a ter pequenos atritos, ora por isto, ora por aquilo; depois de se separarem, Elias arrependia-se das suas palavras, mas quando via Maddalena, recomeçava.

– Ouça, Elias, – ela disse por fim, – você está irritado e me maltrata injustamente; e eu também, sob o ferro em brasa das suas palavras, muitas vezes não sei o que dizer para mim. Acabamos não nos entendendo mais, mas não podemos viver um sem o outro. É melhor que por algum tempo não nos vejamos: o que você acha? E além do mais, temos que nos deixar por um tempo.

– Não, pelo contrário, é melhor que nos vejamos mais frequentemente, e briguemos e acabemos por nos odiar e nos separar para sempre.

– Elias! – disse ela empalidecendo. – Por que está falando assim? Por que temos que nos odiar e nos separar para sempre?

– Porque estamos em pecado mortal.

Ela ficou mortalmente triste.

– E você não sabia disso antes, Elias Portòlu? Agora é tarde demais!

– Por que é tarde demais?

– Porque eu sou mãe de um filho seu...

Ele também mudou de cor e um turbilhão de afetos diferentes o invadiu: cobriu Maddalena de beijos, e disse-lhe palavras loucas, pediu-lhe perdão, prometeu tudo o que ela queria.

Separaram-se decididos a não se verem mais intimamente até o nascimento da criança; e Elias, perdidamente apaixonado, sentia-se finalmente feliz, como não se sentia havia muito tempo.

VIII

Estavam, então, no outono; o céu ficava cada vez mais fresco e profundo, o ar transparente; grandes chuvas tinham deixado a terra e a atmosfera puríssimas. Pareceu também a Elias estar imerso em uma banheira; ele também voltou a ficar puro, os pensamentos clarearam e por muito tempo passou dias felizes.

Naqueles dias serenos, ele ficava longas horas sob uma árvore, deitado de barriga para cima, olhando para o céu azul através dos galhos, escutando a voz distante do bosque, o movimento da cachoeira, o canto dos pássaros.

E pensava sempre em Maddalena, mas diferentemente de como pensava antes; agora a amava de modo casto, como nos primeiros dias em que a tinha conhecido, ou melhor, como um noivo que pensa na noiva mãe do seu filho. E pensava também nesse filho.

"Será menino" dizia consigo mesmo. "Assim que crescer virá para cá conosco, comigo; ficará sempre comigo, farei com que me ame muito, muito."

E sentia-se todo feliz; mas sempre uma sombra o perturbava: "E se Pietro o quiser consigo? Ele vai acreditar que o filho é seu, vai estar sempre com ele, fará dele um agricultor, fará com que o ame como pai".

"Não, não!" pensava então. "Eu lhe direi: deixe o menino comigo, eu não vou me casar e vou deixar toda a minha herança para ele; eu o farei estudar, eu o farei meu. Pietro cederá e o meu menino me amará." Pouco a pouco a ideia deste menino tomou-o por inteiro; fazia já loucos projetos e começou a pensar mais nele que em Maddalena.

Um dia, Mattia foi a galope para o curral, levando a alegre novidade.

– Papai, Elias, Maddalena terá um filho: minha mãe fez a oração a Sant'Anna e a criança será menino.

E sorria todo feliz; parecia ele o pai. E *zio* Portòlu por pouco não chorou de alegria e começou a louvar São Francisco, Nossa

Senhora de Valverde, Nossa Senhora dos Remédios e não sei quantos outros Santos.

– Ah, a pomba! Eu sabia que não cometeria o erro de ficar sem filhos. Ah, o pequeno Portòlu, o novo pombo, quando então o veremos? – dizia de quando em quando.

– Ah! – disse Mattia rindo. – Vocês queriam que nascesse logo e que já estivesse aqui guiando as ovelhas!

Elias sentia bater forte o coração e pensava com dor: "Se eles soubessem!", mas no fundo estava alegre e, estranhamente, meio contente por ter dado aquela felicidade aos seus. E como *zio* Portòlu, não via a hora que a criança nascesse.

Enquanto isso, os dias passaram, retornou o frio, a névoa, a neve; veio um inverno rigorosíssimo, e Elias, que era muito friorento, começou de novo a se sentir desconfortável no curral. Como no ano anterior, desejava o aconchego do fogão, de uma vida fechada e confortável. "Oh, que aconchego!" pensava. "Passar as longas tardes perto do fogo, junto a Maddalena!" Mas agora não sonhava com ela como no ano anterior, com paixão inflamada; não, ele a via ao lado de um berço, e ouvia uma canção de ninar nostálgica que lhe recordava as canções da sua infância. Assim, sem que ele soubesse dizer o porquê, o ritmo do seu coração reduzia a cada dia: uma força misteriosa que não era mais nem remorso, nem terror, nem desgosto, nem cansaço, nem medo, operava lentamente dentro dele: de longe, nos dias frios do curral, desejava ainda estar ao lado de Maddalena, mas quando a via não sentia mais a terrível felicidade do outro ano. E pensava: "Talvez porque esteja neste estado; mas, depois que a criança nascer, voltarei a amá-la como antes".

Um dia, porém, *zia* Annedda disse a Arrita Scada, na presença de Elias: – Elias diz que não se casará nunca; Mattia não o querem porque é simples; será necessário, então, que Maddalena nos dê muitos filhinhos, não é verdade, Arrita Scada? Caso contrário, quem ficará em nosso lar quando nós morrermos?

E Elias sentiu um intenso desgosto, um golpe no coração, pensando que aqueles filhos podiam ser seus; oh, não, bastava um!

"Nunca! Nunca!" gritou consigo mesmo.

No início da quaresma, foi até padre Porcheddu e se confessou: não demonstrava mais o arrependimento, a dor e o fervor do ano passado, mas se dizia firmemente decidido a não cair mais em pecado mortal.

Parecia outro; padre Porcheddu viu bem que o incêndio da paixão estava apagado nele, mas o vigiou por um bom tempo, pensativo, e balançou muitas vezes a cabeça.

– Agora lhe parece assim, – disse, – mas você verá, se não se salvar agora, vocês se perderão de novo. Aproveita este momento de graça.

– O que o senhor quer dizer, padre Porcheddu?

– Não lembra o que queria fazer no ano passado? Eu fiz o procedimento necessário e parecia que tudo ia dar certo...

– Ah, eu sei o que quer dizer – disse Elias, abaixando os olhos como um menino. – Mas agora!...

– Então, e agora?... O que isso quer dizer? Não pensou mais nisso?

– Sim, pensei bastante; mas acredito que agora seja tarde demais, e que eu não seja mais digno...

– Nunca é tarde para a misericórdia de Deus, Elias Portòlu: pense bem, se quer se salvar.

Elias, pensativo, com a cabeça baixa, foi tocado por uma recordação; viu-se na *tanca*, em uma noite cinza e silenciosa, e viu de novo a rígida figura de *zio* Martinu e ouviu de novo as suas palavras.

– Padre Porcheddu, – disse, – e se depois, quando eu for padre, a tentação ainda me atormentar? Não será pior?

– Não, Elias Portòlu, agora eu o conheço: você vencerá a tentação, ou melhor, a tentação não o molestará mais. Porque para você a tentação é aquela mulher, e ela, vendo-o sacerdote, não o tentará mais.

– Quem sabe! – disse Elias com tristeza.

– Por outro lado, você pode ser mandado para um vilarejo diferente e, se você quiser, não vai vê-la nunca mais.

– Sim, depois. Mas enquanto isso?

– Enquanto isso? Não tema; você vai para o seminário e eu vou fazê-lo estudar; só poderá ir à sua casa em certas horas, de dia, e, se você quiser, não cairá nunca mais em tentação. Decida-se, Elias Portòlu, não perca tempo; pense que vamos morrer, que a nossa vida é muito breve, que temos uma única alma e que devemos salvá-la. – Dizendo estas palavras, padre Porcheddu olhava fixo para Elias, quase querendo convencê-lo; e, de fato, de repente, viu-o empalidecer e quase desmaiar; mas logo Elias levantou o rosto e os olhos se acenderam.

– Então, – disse comovido, – faça o senhor o que acredita; confio no senhor, padre Porcheddu; em casa não direi nada até que tudo esteja decidido.

– Está certo, vá. Prometo a você que daqui a oito dias tudo estará concluído; enquanto isso eu o aconselho a frequentar bastante a igreja. Vá, meu filho, e fique alegre. Verá que lhe parecerá renascer em uma outra vida.

Elias foi embora, mas não conseguiu ficar alegre: ah, não, parecia-lhe sonhar, não sentia mais a alegria infantil, sem causa, que tinha experimentado no ano anterior, depois da confissão; pelo contrário, agora se entristecia e lágrimas amargas ofuscavam-lhe os olhos. Ainda assim, estava absolutamente decidido; mas a sua tristeza vinha justamente da sua firme decisão. Não era mais o sonho, agora era a realidade; e ele, no primeiro momento da sua resolução, não conseguia liberar-se do passado sem sentir sangrar o coração. Era o adeus a todas as coisas que formavam a sua vida; era, portanto, a sua própria vida que estava partindo, com os seus hábitos, as alegrias, as dores, as paixões, os erros, os prazeres.

Por muitos dias, viveu na amargura deste adeus: especialmente na *tanca*, a tristeza o apertava até deixá-lo frio, insensível a todas as outras coisas que não fosse o seu adeus aos lugares e às coisas entre os quais tinha tanto amado e sofrido.

"Eu não verei mais isto, eu não farei mais isto" pensava, e um nó lhe fechava a garganta. Mas a sua decisão era firme, e quanto mais os dias passavam, mais ele se habituava à ideia de deixar tudo e de começar uma nova vida. Pouco a pouco, quando secretamente disse adeus a cada mínima coisa, a cada árvore, a cada pedra, aos animais e aos homens, as ideias se iluminaram e começou a ver o que o futuro reservava.

Retornando ao vilarejo, ia à igreja e ficava longas horas, e assistia com fervor às cerimônias religiosas. O som do órgão, a solene lamentação dos cantos litúrgicos, as vestes dos sacerdotes, tudo o encantava: e pensando que um dia também ele cantaria aquelas orações que lhe davam uma injeção de ternura, e que vestiria aqueles hábitos luminosos e santos, esquecia todo o passado e sentia-se feliz. Mas voltando para casa ainda se perturbava, especialmente diante de Maddalena.

"O que vai dizer quando souber?" pensava continuamente. Parecia-lhe não amá-la mais, ainda mais que ela estava meio deformada, amarela e com o rosto inchado; mas sentia-se ligado a ela por um nó indissolúvel e tinha medo de romper esta ligação.

"O que ela vai pensar? O que vai dizer? Será que ela vai se desesperar? Ah, talvez lhe faça mal, talvez fosse melhor esperar." E pensava mais, e sempre com ternura, na criança que estava por vir, mas por este lado se sentia satisfeito pela sua decisão; o novo estado não lhe impedia de amar o menino, ou melhor, podia mais que nunca levá-lo consigo, educá-lo, fazer dele um homem de bem e criar um futuro para ele. Mas um dia falou dele com padre Porcheddu, e ele balançou a cabeça: – Não pense nisto, – disse ele, – porque não está certo pensar nisso. Antes de tudo, a criança ainda está na mente do Senhor, mas quando nascer e crescer, você deve mantê-lo distante, porque poderia ser sempre uma ligação perigosa entre você e ela. O sacerdote não deve ter nem filhos, nem esposa, nem família; não deve pensar nas riquezas e nem nas coisas terrenas; ele é noivo da Igreja e os seus filhos são a pobreza, o dever, as boas obras. Pense bem nisto, Elias Portòlu; se você se sente preso ainda às coisas do mundo, não dê o passo que deve dar: deve pensar somente em salvar a sua alma e não em outra coisa.

– O senhor quer que eu me torne santo – disse Elias sorrindo, mas no fundo sentia que padre Porcheddu tinha razão e entristecia-se por dever dizer adeus ao seu pobre sonho de pai. Mas nem mesmo isto o afastava agora da decisão tomada.

Os oito dias passaram; os procedimentos burocráticos de padre Porcheddu tinham dado certo; o monsenhor bispo interessava-se muito por este jovem pastor que queria se dedicar a

Deus por vocação, e o admitiria logo no seminário com meia bolsa. Seguindo o conselho de padre Porcheddu, Elias escreveu ao bispo uma elegante cartinha de agradecimento, e isto acabou entusiasmando o monsenhor.

– O monsenhor quer lhe conhecer, Elias Portòlu; agora só lhe resta dar a notícia à sua família.

– Ah! – disse Elias suspirando. – Eu estou com medo...

– De quê?

– Que isto faça mal a ela. Se pudéssemos esperar!

Padre Porcheddu balançou a cabeça.

– Você quer esperar? Você ainda está apegado às coisas do mundo? Ai, ai... eu não gosto disso!

– Pois bem, – disse Elias com firmeza, – quero demonstrar ao senhor que não estou mais apegado a nada. Hoje mesmo vou dar a notícia em casa.

– O seu pai está na vila?

– Sim.

– E o seu irmão Pietro?

– Ele também.

– Bem, depois que tiverem almoçado, diga a eles que fiquem em casa; eu vou lá e falamos juntos.

– Eu não sei como agradecê-lo! – exclamou Elias com reconhecimento. – Deus lhe pague.

– Bem, bem; disto falaremos direto com Deus, um outro dia; agora vá em paz.

Elias foi embora, mas não conseguiu voltar para casa até a hora do almoço; sentia o seu coração pesado, a garganta estreita. Ah, a realidade do seu sonho aproximava-se, já o circundava, oprimia-o, tirava-o violentamente do mundo, da juventude, do prazer, da família, da vida até então vivida. E ele sentia uma dor infinita; mas nem mesmo por um instante veio-lhe à mente a ideia de voltar atrás.

Voltou, almoçou distraído com os olhos sempre voltados para a porta; e de quando em quando, ouvindo barulho de passos na estradinha, estremecia. Maddalena o observava e não conseguiu não lhe perguntar o que tinha e por quem esperava.

– Uma pessoa – ele respondeu. – Ah sim, quero pedir a vocês que fiquem aqui, já que esta pessoa precisa falar com vocês.

– Comigo também? – perguntou Maddalena. – Quem é? Quem é?

– Com todos. Vocês verão quem é.

Encheram-no de perguntas, mas ele não respondeu e saiu para o quintal. Maddalena foi tomada por uma inquietação que não tentou esconder nem mesmo na frente de Pietro, e começou ela também a olhar para a porta, escutando se alguém vinha pela estradinha.

"Quem será essa pessoa?" dizia para si mesma de vez em quando. Há algum tempo já tinha percebido a mudança de Elias, e o temor de que ele tivesse se apaixonado por outra mulher e pensasse em se casar a deixava com ciúmes e a fazia sofrer.

"Ele quer se casar," pensava naquele dia "e a pessoa que está esperando deve ser o paraninfo que vem nos pedir a permissão para que Elias possa pedir a sua mão. Ah, esse dia ia chegar! Ah, tão cedo! Ele não espera nem o filho nascer. Deus, meu Deus, ajude-me, dê-me força, o senhor que é misericordioso. Não me faça morrer, não me castigue antes da hora".

Um grave sofrimento desenhou-se em seu rosto pálido e as suas pálpebras, aquelas largas pálpebras que se abaixavam com a dor resignada, ficaram violeta.

Quando Elias voltou com padre Porcheddu, ele olhou para ela e teve medo; ele também ficou pálido e sentiu um frio de morte no sangue.

Mas padre Porcheddu cantarolava, olhando ao seu redor, cumprimentando com piadas e reverências engraçadas; e quis ficar na cozinha, embora *zia* Annedda, bem solícita, insistisse para subir para o quarto de Maddalena.

– Então, como anda, *zio* Portòlu?

– Com duas pernas como as galinhas, meu padre Porcheddu!

– E os filhinhos, os filhinhos, estão se comportando? Continuam pombos?

– Ah, sim! – exclamou *zio* Portòlu arregalando os olhinhos vermelhos. – Como os meus filhos, há poucos, graças a São Francisco.

122

Elias esforçava-se para sorrir, mas padre Porcheddu percebia uma angustiante confusão em seu rosto, e depois de um pouco de conversa, olhou para Maddalena, fez um gesto e disse: – E daqui a pouco teremos um outro pombo, não é verdade? Ah, São Francisco lhes quer bem, *zio* Portòlu: desejo todas as graças de Deus para vocês. E agora me escutem: o que vocês diriam se o seu filho Elias se tornasse padre?

Todos ficaram surpresos, porque se padre Porcheddu estava falando assim, a coisa já estava decidida. Quem poderia esperar? Maddalena levantou os olhos, e um imediato rubor iluminou-lhe o rosto: depois do tanto que havia temido, as palavras de padre Porcheddu pareciam-lhe uma alegre novidade: Elias estava perdido para ela, mas ela podia ainda se resignar já que outra mulher não se casaria com ele.

E Elias percebeu a sua alegria. Então se acalmou e observou melhor a impressão que o pedido do sacerdote causava na sua família. Parecia que se tratava de uma brincadeira: Pietro sorria; *zia* Annedda, sentada perto de padre Porcheddu, com o rosto e os ouvidos atentos, sorria; o selvagem semblante de *zio* Portòlu sorria.

Elias percebeu que o que foi dito por padre Porcheddu causava tanta alegria nos seus parentes que lhes parecia um sonho; e de repente, ele sentiu um ímpeto de alegria tão forte que começou a rir como uma criança.

IX

Dois anos se passaram. As pessoas pararam de cochichar, rir, ficar surpresas quando viam Elias Portòlu, o ex-pastor, vestido de seminarista. Aliás, ele não parece de modo algum um jovem de vinte e seis anos, e muito menos um ex-pastor; a clausura deixou suas mãos e o seu rosto alvos; o seu rosto sem barba, de uma palidez perolada, parece o de um adolescente.

Nas grandes celebrações religiosas, quando ele vestia a túnica de renda com uma grande fita azul, parecia um anjo melancólico, com um traço de suprema tristeza, embora doce, na pálida boca rosa; muitas meninas dali, e também algumas moças, olhavam para ele bem demoradamente, com muito interesse. Mas ele não percebia; os seus olhos esverdeados perdiam-se em visões distantes. O que ele via, então, quando o órgão gemia sonoro e os cantos litúrgicos subiam com uma lamentação nostálgica de bens perdidos e com a invocação dolorosa de bens desconhecidos? Via o passado, a *tanca*, a solidão; recordava a sua paixão? Sim, ele via e recordava tudo, e sentia-se aflito por não poder se desapegar do passado, como tinha acreditado e esperado, e isto que o prendia ainda à dor e à alegria das paixões humanas era a visão contínua daquela jovem mulher ajoelhada ao fundo da igreja entre o roxo quaresmal dos habitantes do lugarejo. Era Maddalena, bela e esplêndida em seu vestido de noiva; entre os braços tinha o menino coberto pela manta vermelha contornada de seda azul; e a criança, quando a mãe balançava diante de seu rostinho os amuletos de prata e de coral pendurados em seu pequeno pescoço, levantava as mãozinhas rosadas e sorria quase fechando os seus olhos esverdeados iluminados.

Elias via continuamente à sua frente a sua criatura sorridente, e a amava com ternura aflita, e amando a criança, amava a mãe, e sofria frequentemente na luta vã contra aqueles seus amores terrenos.

A sua inteligência natural, enquanto isso, ia se educando: dois anos de estudo incansável, de leituras contínuas, de boa vontade, tinham-no posto no nível dos clérigos que estudavam havia tantos anos antes dele. Pouco a pouco tinha se habituado à vida fechada, à obediência cega, à disciplina: coisas que no início o tinham quase sufocado; o passado parecia-lhe um sonho, mas um sonho ao qual estava firmemente apegado.

Sentia-se triste, sobretudo nos dias em que ficava em sua casa, onde *zia* Annedda o acolhia com amável obediência; fugia com cuidado dos olhos de Maddalena, e tinha medo de tocar no menino, ou se o forçassem a fazer um carinho nele, fazia timidamente; mas estremecia ao vê-lo, e o desejo de pegá-lo nos braços, de beijá-lo, de fazê-lo sorrir, de ver os seus primeiros dentinhos, de apertar as suas mãozinhas, os seus pezinhos com as suas mãos o destruía.

"Não, não," repetia consigo mesmo "é preciso vencer".

Até a presença de Maddalena, embora ela nunca o tivesse repreendido, mas que frequentemente o olhava com uma ternura ressentida, remexia-lhe o sangue; ela estava mais amável do que nunca, toda atenta ao filhinho, para quem parecia unicamente viver; e Elias não podia separar a figura dela da figura do menino.

Sentia que, se fosse livre – visto que já se considerava ligado a Deus, embora ainda não tivesse feito os primeiro votos – teria uma recaída sem dúvida. Assim como estava, conseguia vencer inclusive o seu pensamento, mas a luta frequentemente era dilacerante e o deixava meio morto de angústia. Naqueles dias, sentia-se, portanto, bastante triste, e desesperava-se pela sua vida e por si mesmo; nunca, porém, tinha nenhum momento de rebeldia, nem de arrependimento pela decisão tomada.

Às vezes, as forças lhe faltavam; sonhos angustiantes, dormindo ou acordado, assolavam-no, piores do que qualquer tentação. Quase toda noite sonhava com o passado, com a *tanca*, com o curral, a casinha, Maddalena, e frequentemente também com a criança; e sempre lhe parecia ser ainda pastor e livre; porém, uma opressão pesada e uma lembrança que não conseguia alcançar, mas muito dolorosa, tornavam aqueles sonhos quase pesadelos. Contudo, não era por estes sonhos que ele se angustiava, mas pelos sonhos com os olhos abertos, pelas visões doces e funestas que o prendiam em círculos traiçoeiros. – Não! Não! Não! – repetia sempre, e expulsava os desejos vãos, as imagens fatais, e começava a rezar e a estudar; mas quase sempre, mesmo expulsos cem vezes, cem vezes os tristes sonhos voltavam.

Uma noite, ele estudava a epístola de São Paulo aos Romanos; era uma noite de abril, límpida, de lua. Pela janela aberta, entrava o ar cheio de ternura, e via-se uma vivíssima estrela cruzar o céu de cristal. Elias sentia-se mais triste que o normal; a vida o tentava e lhe falava e o assolava com sopro puro daquela noite de abril; recordações indescritíveis voltavam-lhe ao pensamento, e no seu sangue, com o renascer da primavera, parecia germinar alguma coisa de novo e de inquietante.

– Não, não, não... – repetia consigo mesmo, balançando a cabeça como para expulsar os pensamentos perturbadores. – É preciso esquecer tudo; estudar, ir adiante, Elias Portòlu. – Apertou a cabeça entre as mãos e mergulhou na leitura: ao seu redor havia um profundo silêncio, e somente à distância, mas muito longe, como que vindo do remoto campo, serpenteava um melancólico canto de Nuoro. Elias lia, relia, meditava, repetia de cor os versículos.

«... Que vossa caridade não seja fingida. Aborreci o mal, apegai-vos firmemente ao bem.

... Não relaxeis no vosso cuidado. Sede fervorosos de espírito. Servi ao Senhor.

... Sede alegres na esperança, pacientes na aflição e perseverantes na oração.

... Bendizei os que vos perseguem; bendizei-os, e não os praguejeis.

... Não pagueis a ninguém o mal com o mal. Aplicai-vos a fazer o bem diante de todos os homens.

... A mim a vingança; a mim exercer a justiça, diz o Senhor.

... Não vos deixeis vencer pelo mal, mas antes triunfai junto com o bem, sobre o mal.»

Como era violenta e doce a voz do Apóstolo! Era como um estrondo de trovão e ao mesmo tempo a voz pura da nascente borbulhante na quietude da noite; mas vinha de longe demais, alto demais, como um estrondo de trovão, como o murmúrio da nascente escutado em sonho. Elias a escutava; e sentia-se todo envolvido e renovado como por um sudário perfumado; mas pobre dele, era um sudário de véu de vapor, que o sopro daquela noite suave de abril era suficiente para desfazer.

Então, o longínquo canto sardo fez-se um pouco menos distante; por entre o coro melancólico subia uma voz harmoniosa de tenor, na qual tremulava toda a voluptuosidade e a leveza daquela noite de luar. Elias levantou a cabeça, tomado por um encantamento repentino. Onde é que já tinha ouvido aquela voz? Uma recordação quase física o fez estremecer. Recordava-se de ter vivido uma outra noite como aquela, de ter ouvido aquele canto, de ter estado triste como estava agora. Onde? Quando? Como? Levantou-se, apoiou-se na janela, sob o puríssimo raio de lua em seu auge. A brisa trazia fragrâncias distantes: ele sentiu um arrepio e lembrou-se da noite em que tinha chorado de paixão aos pés de São Francisco.

A voz do Apóstolo não falava mais; o véu tinha caído: o que eram a eternidade, a morte, a vaidade de cada paixão humana, o bem, o mal, a perfeição, a vida eterna, diante da breve alegria daquela noite de abril, daquele sopro de brisa, daquele canto de amor? E Elias foi vencido; a vida o tomou por inteiro: e ele caiu ajoelhado perto da janela, sob a luz da lua, e chorou como uma criança, tomado por um forte delírio de desespero.

Uma louca oração subia no seu pranto.

– Senhor, estás vendo, eu sou fraco e vil; tem piedade de mim, meu Deus, perdoa-me, dá-me paz, arranca-me o coração do peito. Eu sou homem, não posso me vencer; por que tu me fizeste assim tão fraco, ó Senhor? Eu sempre sofri na minha vida, e quando, vencido pela minha fraca natureza, procurei a felicidade, pequei, pisei nos teus preceitos, fui mais pagão e malvado que os gentios; mas sofri tanto, meu Deus; e sofro ainda tanto que não aguento mais. Meu Deus, meu Deus, meu Deus! – continuava soluçando, com o rosto transtornado, inundado de lágrimas salgadas, – tem misericórdia de mim, perdoa-me, ajuda-me, dá-me paz de coração... dá-me um pouco de bem... um pouco de suavidade: não tenho o direito, meu Deus? Não sou uma criatura humana? Se pequei, perdoa-me, se tu és misericordioso: se tu és grande, Senhor, perdoa-me e dá-me um pouco de bem, um pouco de alegria...

Pouco a pouco, as lágrimas cessaram e aquele desabafo lhe fez bem, acalmou-o. Passado o excesso do desespero, envergonhou-se de ter chorado, mas pensou: "Meu pai diz que quem chora são os maus; e que um sardo, um homem de Nuoro, não deve chorar; mas faz tão bem! Caso contrário se explode, em certas horas!".

Teve também vergonha e medo da sua oração, que era quase um desafio para Deus; e pediu perdão e se resignou; mas no dia seguinte de manhã teve um sentimento fortíssimo de medo, de surpresa, de dor e também de alegria, quando vieram lhe dizer que Pietro, seu irmão, tinha retornado do campo com uma forte inflamação nos rins, e que o seu estado era bastante grave.

"Se ele morrer, eu poderei me casar com Maddalena!" logo pensou.

Teria Deus atendido a sua oração? Ah não! Ele voltou atrás assustado da sua blasfêmia, diante da imagem de um Deus um tanto monstruoso que a sua fantasia criava naquele momento. Não era possível.

"Como eu sou sujo!" pensava indo apressado para a sua casa. "Não, não me salvarei nunca mais: eu sou feito do mal."

E angustiava-se, mais pelos seus maus pensamentos do que pela doença de Pietro; e arrependia-se e xingava a si mesmo; No entanto, chegando em casa e sabendo que o irmão tinha voltado doente no dia anterior, sentiu uma espécie de desilusão, porque no fundo o iludia a estranha ideia de que Deus tivesse escutado a sua oração.

O estado de Pietro era, de fato, grave; ele gemia continuamente, com a pele arroxeada, com o rosto desfigurado por um intenso sofrimento. Três dias antes, tinha tido que percorrer grandes distâncias a pé, para alcançar um boi seu perdido; a ânsia, o cansaço, o calor, uma predisposição à doença, tinham-no destruído. Tinha os pés inchados e ensanguentados, as mãos arranhadas pelos espinhos e pelas pedras.

Uma grave consternação reinava na casa dos Portòlu; Maddalena chorava sinceramente; *zia* Annedda tinha aceso duas lâmpadas e dito as *palavras verdes*; e as *palavras verdes* tinham respondido que Pietro ia morrer.

Dias terríveis vieram para Elias. Ia até o irmão, olhava para ele, girava pelo quarto torcendo silenciosamente as mãos, consternado por não poder fazer nada pela salvação de Pietro; não dirigia nunca o olhar para Maddalena, nem para a criança, e saía desesperado; e rezava horas e horas fervorosamente para que o doente se curasse. Mas muitas vezes, mesmo no fervor das suas orações, estremecia e um gelo mortal lhe parava o sangue: ah, que monstro o controlava? Por que, bastava ele esquecer um instante, aquele monstro lhe sussurrava palavras de alegria, provocava nele desejos maliciosos, mostrando-lhe continuamente a imagem do irmão morto, sepultado?

"É o demônio," pensou uma noite "mas não vencerá, não, não vencerá nunca mais! Então, que Pietro morra, se ele tem que morrer; sim, por mais que isto seja horrível, Satanás, eu agora desejo a morte do meu irmão para demonstrar-lhe que você não vencerá sobre mim. Nunca mais! Nunca mais! Sou mais forte que você, Satanás; o meu corpo é fraco e você poderá despedaçá-lo, mas a minha alma, não a vencerá nunca mais."

Naquela noite, Pietro morreu. Elias fechou-lhe os olhos, fez-lhe o sinal da cruz no rosto, ajudou *zia* Annedda a lavar e vestir o cadáver.

Depois, velou toda a noite o irmão morto. De quando em quando, levantava-se, debruçava-se sobre o seu rosto, e olhava-o demoradamente, com a louca esperança de que ele não tivesse morrido, e que, de um momento a outro, ele se movesse e ressurgisse.

Mas o rosto barbudo e lívido, com as pálpebras abaixadas, permanecia inerte como uma assustadora máscara de bronze. Elias sentia, talvez pela primeira vez na sua vida – já que nunca tinha visto assim de perto e por tanto tempo um cadáver – toda a inexorável grandeza da morte. Lembrava-se de Pietro vivo, sorridente; ah, tinha bastado um sopro para jogá-lo ali, imóvel, mudo para sempre! Para sempre! – Amanhã a esta hora, também este corpo terá desaparecido do mundo! – pensava; mas não podia se convencer de que tudo termina assim, que ele, os pais, o irmão, Maddalena, a criança, um dia também morreriam. Então caía ajoelhado aos pés da cama, e a sua dor se transformava em conforto.

"Sim, tudo acaba" pensava. "E não sofreremos mais. Por que se perturbar tanto? Tudo acaba: somente a alma permanece; salvemos as nossas almas."

E mais do que nunca sentia-se forte contra a tentação e o mal; depois voltava a se lembrar do irmão vivo; na sua infância, na juventude, na ofensa mortal que lhe tinha causado, e se entristecia e os soluços fechavam-lhe a garganta.

"Agora que está morto," perguntava-se "será que ele saberá como eu o ofendi? Será que ele me perdoará?"

Mas estas perguntas levavam-no de volta às lembranças; via Maddalena naquele mesmo quarto onde agora repousava o morto, e ilusoriamente era vencido por uma leveza repentina com o pensamento de que agora ele podia amá-la sem pecado; mas logo afastava esta tentação, e debruçando-se de novo sobre o rosto do cadáver, voltava a mergulhar na visão da morte. Assim passou a noite.

Ao amanhecer, conseguiu dormir um pouco; e sonhou com Pietro, vivo, que chegava na *tanca* (como sempre, parecia-lhe ser ainda pastor). Pietro vinha a cavalo, e tinha o rosto lívido e os olhos fechados iguais aos do cadáver.

– O que você tem? – perguntou Elias com medo.

– A criança está morta; vim para lhe dizer – respondeu Pietro. – Retorne para a vila porque é você quem deve sepultá-lo.

Elias ficou com tanto medo e sentiu tanta angústia que fez um esforço para acordar; mas quando acordou sentiu-se ainda angustiado como no sonho. Era dia. Ouviu a criança chorar, e logo pensou com dor: "Será que ele também morrerá? Será que o sonho tinha sido um aviso? As desgraças nunca vêm sozinhas; e eu acredito nos sonhos".

Parecia-lhe, então, que todas as desgraças fossem possíveis, estivessem próximas, inevitáveis; e, vencido por uma grande tristeza, foi ver a criança.

O menino estava chorando. Maddalena, já vestida como viúva (e a veste negra a deixava muito bonita, mais jovem e leve do que já era), procurava acalmá-lo, falando com ele em voz baixa. Muitos parentes já tinham chegado; a casa estava toda mergulhada no escuro.

Elias chegou silenciosamente, quase escondido, na penumbra do quarto.

– O que você tem? – perguntou inclinando-se sobre o menino.

– Por que ele está chorando? – perguntou então para Maddalena.

O menino olhou para ele com os seus grandes olhos lacrimejantes, e ficou um pouco calado, com a boquinha aberta tremendo; depois voltou a chorar; Maddalena também levantou os olhos para os olhos de Elias, e a sua boca também tremeu.

– Quieto, quieto, meu lindo, – disse com voz trêmula, ninando a criança nos seus braços, – seja bonzinho, olha *zio* Elias que não quer que você chore... – Mas, de repente, ela também inclinou o rosto sobre a criança, e começou a chorar desconsoladamente.

– Mas Maddalena, o que é isso? – disse Elias fora de si.

Depois se afastou como que levado por uma mão invisível: aquela cena revirava-lhe o sangue; sentia que o choro de Maddalena não era somente pela morte do marido, e o olhar dela, sempre tenro e ardente, penetrava-lhe o coração.

"Ah," pensava, sentado em um cantinho, próximo dos parentes, "padre Porcheddu tem razão: a criança nos unirá para sempre, sempre: é preciso que eu não o veja, não me aproxime, caso contrário me perco de novo, e agora mais que nunca."

E toda aquela gente que entrava e saía dizendo coisas banais o entediava muito: desejava ardentemente que tudo terminasse, que o funeral acabasse, que os três dias de condolências passassem para se encontrar sozinho com a sua dor e com as suas tentações.

"Ai de mim!" pensava. "Se a tentação já é tão forte enquanto o cadáver do meu irmão ainda está ali, ainda quente, como será depois? Não, não, não!" ordenava a si mesmo com raiva. "Eu vencerei; devo vencer e vencerei."

Mas a luta tinha começado, e bem terrível. O primeiro, o segundo e o terceiro dia com o funeral, os pêsames e as cerimônias do luto sardo passaram como um sonho ruim.

Finalmente, Elias estava na sua cela, na sua cama, cansado, prostrado, sozinho. Tinha sempre na memória a noite em que lia a epístola de São Paulo; e a lembrança da sua desesperada oração voltava-lhe sempre, como um remorso.

"Fui duramente castigado!" pensava. "Porém, quem conhece os caminhos do Senhor? E se Ele quisesse me atender? E se fosse aquela a minha vida? Por que não posso ter o direito à felicidade terrestre? Não sou homem como os outros?"

E o sonho enganoso o estava vencendo: o ar de primavera, puro e perfumado, subia até a sua cela; e da janela aparecia ao fundo um céu tão profundo, tão azul! Não era ele homem como os outros? Tinha pecado! Pois bem, e qual homem não peca? E quem por isto se condena a um castigo eterno?

"É isso, é isso, eu vou deixar o seminário; tenho a desculpa de que meu irmão morreu, que em casa agora precisam de mim. As pessoas comentarão um pouco, mas sobre o que as pessoas não comentam? Daqui a um ano ninguém dirá mais nada e então...!" Ah, que felicidade! Seria possível tanta felicidade? Claro que sim, finalmente era possível!

"Por que eu sou tão estúpido para hesitar um único instante?" perguntava-se maravilhado por si mesmo e pelos vãos tormentos que tinha. E sentia o seu coração cheio de alegria; mas, de repente, o seu coração se esvaziava, e ele caía de novo em desespero.

"Não! Não! Não! Por que deliro assim? É assim que você vence a tentação, Elias Portòlu? São estes os seus votos? Não, não, não; vencerei; vade retro, Satanás, eu o vencerei, eu o vencerei!"

E cerrava os punhos como que para uma verdadeira luta. E assim passavam as horas, os dias, as noites e os meses.

Um dia anunciaram-lhe que em pouco tempo ele faria os primeiros votos: ele não se alegrou, nem se entristeceu. Agora lhe parecia ter adquirido experiência e não se iludir mais. Lembrava-se dos primeiros tempos do seu amor, quando esperava que o matrimônio de Pietro com Maddalena seria o suficiente para curá-lo da paixão. Pelo contrário...!

"Não, não quero me iludir" pensava. "Continuarei homem e sujeito às paixões: não, a salvação não está nos obstáculos entre nós e o pecado, mas na nossa força e na nossa vontade."

Quando foi para a sua casa para dar a notícia, por sorte encontrou toda a família reunida; estava também Mattia (agora os Portòlu tinham um empregado, não podendo *zio* Berte e o filho realizarem sozinhos os trabalhos do curral e do campo) e o parente Jacu Farre, que depois da morte de Pietro frequentava muito a casa.

Jacu Farre era uma autoridade, possuía rebanhos, terras, cavalos e apiários; e era solteiro; tinha desenvolvido um grande afeto pelo órfão de Pietro, e os Portòlu o tratavam com tato, na esperança de que ele deixasse os seus bens para o menino. Elias encontrou-o, portanto, entre os seus; estava com a criança sentada em seu joelho e lhe dizia: – Upa, cavalinho, upa, cavalinho; vamos à festa, hein, Bertinho? Hein, Berteddu?

O menino ria. Elias ficou aborrecido; olhou para Farre, que apesar da sua obesidade era um homem bonito, olhou para a criança, olhou para Maddalena e teve um ímpeto de ciúmes; mas se controlou logo e deu a notícia. Para os Portòlu, e principalmente para *zia* Annedda, que a dor pela morte de Pietro tinha envelhecido dez anos, deixando-a completamente surda, a boa notícia trazida por Elias foi como um raio de sol.

– São Francisco seja louvado! – disse *zio* Portòlu. – Eu esperava este dia; se eu não tivesse esta esperança, eu me mataria. Ah, vocês estão rindo! Você está rindo, Jacu Farre! Ah, você não sabe como é o coração de *zio* Portòlu! – E suspirou muitas vezes. Elias ficou sério; pensou: "O meu pai está falando sério; se eu me retirasse, não sobreviveria à dor".

Somente Maddalena não pareceu alegrar-se com a notícia: as largas pálpebras, abaixadas com maior expressão de dor resignada, não olhou uma única vez para Elias, mas ele não se iludiu nem por um momento em relação aos sentimentos dela.

"Ainda me ama" pensava, indo embora. "Jacu Farre tentará em vão: ela é minha, é somente minha: irá me procurar, fará de tudo para falar comigo, para me desviar, tenho certeza. O que eu farei?"

Não sabia, assim como não sabia como e quando Maddalena poderia ter uma conversa com ele; mas, enquanto isso, esperava, e esta espera o preparava para a luta, ou, pelo menos, abastecia-o contra a fraqueza de uma surpresa. Se lhe diziam que alguém tinha vindo procurá-lo, sentia o coração bater forte e pensava: "É ela!" e depois, vendo que não era ela, respirava e se entristecia ao mesmo tempo: se ia à sua casa, tinha medo de encontrar Maddalena sozinha, entrava cuidadoso, e depois sentia-se contrariado vendo que Maddalena não estava sozinha.

"É preciso acabar com isso!" dizia a si mesmo para se desculpar. "É preciso conversar e acabar de uma vez por todas."

Mas passou muito tempo e Maddalena não o incomodou.

"Resignou-se: melhor assim! Quem sabe? Talvez eu esteja enganado, talvez ela pense mais em Jacu Farre do que em mim!" ele dizia para si mesmo; e parecia-lhe estar contente, mas no fundo sentia uma estranha e infundada dor.

Numa tarde de outubro, porém, dois ou três dias antes do dia marcado para a cerimônia dos votos, enquanto ele estudava em sua cela, vieram lhe dizer que o estavam procurando.

"É ela!" pensou atordoado.

Não era ela, mas era um menininho da vizinhança, mandado por ela: – Que padre Elias (chamavam-no já assim) fosse logo à sua casa porque precisavam dele.

– É minha mãe? – perguntou Elias.

– Não sei.

– A criança está doente?

– Não sei.

– Vá; estou indo imeditamente.

E foi, com o coração apertado por um pressentimento. De fato, Maddalena estava sozinha em casa: *zia* Annedda tinha ido para o campo, a criança estava dormindo. A estradinha estava deserta e ao redor da casinha reinava a leveza, a paz infinita da esfumaçada tarde de outono.

Assim que Maddalena viu Elias perturbou-se vivamente, e sentiu que em vão tinha preparado um longo discurso, cheio de lógica persuasiva; o tempo em que ela tinha ido à *tanca* e vencido Elias com um beijo já estava distante: agora era obediente e talvez também tivesse medo do hábito do seu antigo amante, talvez nela agora falasse mais forte o cálculo do que a paixão. De qualquer modo, perturbou-se e ficou confusa: fez Elias se sentar, serviu-lhe, como sempre, o café, depois lhe perguntou sem olhar para ele: – Domingo, então, é a cerimônia?

– E não estava sabendo?

– Sim, sabia.

Silêncio.

– Por que me fez vir aqui? – perguntou ele finalmente.

– Por quê? – ela disse, como se interrogasse a si mesma. – Ah, espera, a criança está acordando. Ah, meu Berteddu, fique quieto; já vou, já vou: olha que *zio* Elias está aqui. – Levantou-se, foi, pegou o menino e o trouxe consigo. Elias teve medo.

– Elias, – ela começou, – você talvez imagine o que eu quero lhe dizer. – ele fez que não com a cabeça. – Não lhe diz nada esta criatura inocente? E a sua consciência não lhe diz nada? Pergunte para ela; você ainda tem tempo. Deus, que vê tudo, não ficaria mais satisfeito se você, em vez de fazer o que está para fazer, substituísse o pai deste menino inocente?

Calou-se, olhando para ele e esperando a resposta. Elias colocou a mão trêmula sobre a cabecinha da criança, acariciando-a inconscientemente.

– O que você quer que eu lhe diga? Já é tarde demais, Maddalena – murmurou.

– Não, não é tarde, não é tarde!

– É tarde, eu lhe digo: o escândalo seria enorme; diriam que eu sou louco.

– Ah, – disse ela com amargura, – e por causa das más línguas do mundo você não escuta a sua consciência?

– Mas a minha consciência me diz para seguir o caminho que estou para seguir, Maddalena! – disse ele, sério, sem nunca levantar os olhos, e sempre acariciando o pequeno Berte. – Diga-me, supondo que eu largue o hábito e me case com você, poderemos, por acaso, dizer que este menino é meu filho?

– Para o mundo, Elias! Para o mundo ele nunca será filho, mas você poderá tratá-lo exatamente como trataria um filho seu!

– Vou amá-lo do mesmo jeito, vou cuidar dele do mesmo jeito: ninguém, no novo estado, me impedirá de cumprir os meus deveres com ele.

– Não, não, – disse ela, começando a se desesperar, e inclinando-se e fazendo que não com a cabeça, – não, não, não é o mesmo, não é a mesma coisa!

– É a mesma coisa, estou lhe dizendo, Maddalena...

– Você está dizendo, mas não é a mesma coisa. E também... – gritou ela, levantando com orgulho a cabeça. – E eu, Elias! E eu? Não pensa em mim?

– Não posso – ele sussurrou.

– Não pode? E por que não pode, Elias? Você tem tempo! Impossível que você não se lembre de nada.

– Não posso me lembrar. E de novo lhe repito, é tarde demais.

– Não é tarde, não é tarde... – ela repetia, torcendo as mãos, desesperada por não saber dizer as palavras que tinha preparado.

E estava tão concentrada que não via que Elias estava atordoado, que tinha mudado de cor, que a sua mão tremia na cabeça da criança, que bastava um pouco de audácia para vencê-lo; e sentia o desejo de se levantar, de envolver o pescoço dele com os seus braços e de lhe falar como tinha falado com ele na *tanca*: mas uma força superior a mantinha firme e quase não lhe permitia olhar para ele. Sentia-se tímida e bloqueada como uma adolescente na primeira conversa de amor. E a conversa continuou miseramente e miseramente terminou.

Maddalena repetiu as coisas já ditas de cem modos diferentes; lembrou a Elias o passado, disse a ele que ainda o amava, que viveria e morreria pensando nele; mas agora ela não tinha mais a entonação forte da paixão, e todas as suas palavras e as suas razões não valiam o olhar com o qual tinha vencido Elias na *tanca*: e ele sentiu tudo isto e conseguiu vencer.

Separaram-se sem nem mesmo terem se esbarrado as mãos; mas quando Elias ficou sozinho, sentiu que aquilo tinha sido uma vitória bem fácil e mísera.

"Se ela tivesse me tentado, talvez eu tivesse caído de novo" pensava. "Ah, assim como ela esfriou, eu também esfriei. Mas talvez, agora que começou, tentará de novo, porque me ama, e não é somente para dar um pai ao filho, mas é para ter o meu amor que ela me tenta."

E sentia-se triste, atormentado, fraco; Porém, não duvidava da graça de Deus e, com a vontade amarga com que os fanáticos se flagelam o corpo, ele desejava que Maddalena o perseguisse e o tentasse de novo, mais forte, para ele sofrer e para ele experimentar a sua força de resistência.

X

Mas ela não o tentou mais. Ele fez os primeiros votos, continuou a estudar e em pouco tempo foi ordenado sacerdote e pôde celebrar a primeira missa. Em sua casa, fizeram uma grande festa como se fossem núpcias: parentes e amigos levaram-lhe presentes como se fosse para um noivo; abateram carneiros e cordeiros, fizeram um banquete, cantaram improvisando versos para o jovem sacerdote. *Zio* Portòlu vestia uma roupa muito nova, tinha os cabelos tratados, as trancinhas feitas; e escutava a competição dos poetas *estemporanei*[19], tendo nos joelhos o pequeno Berte que deitava melancolicamente a cabecinha em seu peito.

– O que você tem, meu cordeirinho? – perguntou *zia* Annedda, inclinando-se para o pequenino. – Está com sono?

O menino negou com a cabeça; os seus olhões cinza esverdeados estavam tristes. *Zia* Annedda foi e pegou com dois dedos um doce de pasta de mel em forma de passarinho, e inclinando-se de novo sobre o netinho, deu a ele.

– Pegue; olha o passarinho; não durma, viu. – A criança pegou o doce sem vontade, sem levantar a cabeça do peito do avô, e encostou nos lábios o bico do passarinho, mas não comeu.

– Você está com sono? – perguntou *zio* Portòlu, olhando para ele. – Você não dormiu esta noite, meu passarinho? Vá, mexa-se, escute que lindas músicas! Quando você for grande, você também vai cantar assim. Levarei você a cavalo para a *tanca* e cantaremos juntos.

Mas o pequenino, que sempre se entusiasmava com a ideia de ir para a *tanca*, não se moveu. No almoço, não quis comer, e não se soltou do avô, com a cabeça sempre encostada em seu peito.

– Acho que o seu filho está doente – disse Farre a Maddalena.

Padre Elias estremeceu, olhou para o menino e imediatamente se lembrou do sonho da noite em que velava o cadáver de Pietro.

---

19) A *Poesia Estemporanea* é um gênero de poesia de improvisação difundido na Sardenha nos séculos XIX e XX. (NdT)

Maddalena acariciou o menino, fez umas perguntas, pegou-o no colo e levou-o para a cama que costumava ser de Elias.

– Ele estava com sono e agora dormiu – disse, voltando. Mas padre Elias não se acalmou: queria se levantar, ir até o menino, examiná-lo; mas, por outro lado, não podia sair dali e teve que esconder a sua inquietação.

Escutava os cantores, sorria levemente por certos versos bem cantados, mas não falava, não ria. Via Farre, aquele rico e grande parente que falava ofegante, indo e vindo pela casa, dando ordens, intrometendo-se em tudo como se fosse o dono, falando bastante com Maddalena; e sentia ciúmes, e notando este ciúme em si, irritava-se consigo mesmo, mas continuava calado.

Depois do almoço, entrou quase escondido para ver a criança, inclinou-se e olhou para ele por um tempo, e vendo-o dormir suavemente, com a boquinha meio aberta, com o passarinho doce nas mãozinhas, sentiu um ímpeto de ternura, e beijou-o devotamente. Levantando-se, lembrou-se do dia e da noite das núpcias de Maddalena, e da doença e da dor que ele tinha tido naquela cama.

"As coisas do mundo!" pensou. "Quem poderia pensar que aconteceriam essas coisas?"

Voltando para a cozinha, ouviu Farre discutir sobre a criança com Maddalena, que preparava o café.

– Você não cuida dele – dizia a ela. – Não está vendo que não está bem? Aquilo é rosto de criança saudável? Não. Eu vou mandar chamar o médico e você verá que eu tenho razão.

"O que ele tem a ver com isso?" disse Elias consigo mesmo, com amargura e com ciúmes. "É para eu cuidar do menino, e não ele."

Saiu para o quintal, onde os poetas recomeçavam a cantar, e sentou ao lado de seu pai; e parecia estar escutando a competição de improvisação, mas estava pensando somente em Farre, em Maddalena, na criança, e entristecia-se e irritava-se, e percebia um novo desejo seu: que Maddalena continuasse viúva; nunca tinha pensado que, se ela se casasse, ele não teria mais autoridade sobre o menino.

"Ela se casará com Farre," pensava "e eu não poderei mais amar o meu filho: os beijos e os carinhos que lhe poderei fazer serão contados." E o seu pensamento perdia-se no que estava por vir, nas coisas totalmente estranhas ao ministério no qual tinha entrado naquele dia.

Depois que a festa acabou, já no seminário, percebeu todos os pensamentos vãos, os ciúmes, as tristezas sentidos durante o dia, e um forte descontentamento por si mesmo o tomou.

"É inútil, é inútil" pensava, virando-se de um lado para o outro na cama. "A carne é presa ao osso, e eu não me separarei das coisas do mundo: serei um péssimo sacerdote, como fui um péssimo leigo, porque não sou um bom cristão. É isso."

Enquanto isso, aconteceu o que ele previa. Farre pediu a mão de Maddalena, e logo começou a cuidar do menino como se fosse seu. Chamou o médico, que declarou que a criança estava anêmica, comprou os remédios e tudo o mais que era preciso para a saúde do pequeno Berte: padre Elias via e ficava calado, mas dentro de si, roía-se de ciúmes; muitas vezes, quando estava sozinho, e mesmo quando estava na igreja, surpreendia-se pensando naquela grande figura do homem saudável e vermelho, de pronúncia lenta, de palavra ofegante, e sentia que o odiava.

Um dia, Farre convidou-o para ir ao seu curral.

— *Zio* Portòlu também vai, — disse — e levaremos a criança, porque lhe fará bem, e nos divertiremos.

No início, Elias estava para recusar impetuosamente; depois se controlou e aceitou.

Mas sofreu muito durante aquele passeio: Farre levava o menino consigo no seu cavalo, na frente da sela, e Berteddu apoiava a cabecinha em seu peito e fazia-lhe cem perguntas quando via um corvo crocitando, um pássaro voando de uma árvore, um arbusto carregado de frutas escarlates, um carvalho esverdeado de bolotas. Farre explicava-lhe tudo com paciência, e de vez em quando dava um beijo nele.

— Veja, aquilo é uma pereira selvagem; olha, olha, tem mais frutas que folhas; você gosta, né, de peras selvagens, pequeno leitãozinho? E aquelas coisas cinza compridas, que parecem castiçais? E aquelas ali, sabe o que são? São troncos de um bambu, chamado *canna gurpina* ou *volpina*, bons para fazer o caninho do cachimbo. Os pastores fazem cachimbos assim. Ah, os pastores não são como os cavalheiros, você sabe, que vão ao comércio e compram as coisas bonitas e prontas: os pastores se arranjam: e você vai ser pastor, vai?

– Eu vou ser pastor, sim, – disse o menino apático, – e farei cachimbos com aqueles bambus lá.

– Ah, não, ah, não! Está ouvindo, papai Portòlu, o menino quer ser pastor! Não é verdade que vamos fazê-lo virar doutor?

Eram besteiras; porém, Elias, que vinha cavalgando ao lado de Farre, sofria infantilmente. O que tinha a ver, aquele homem estranho, com o futuro do seu filho? Não, não, ele nunca permitiria que aquele homem se intrometesse na vida e no destino do seu filho. Mas, isto também era um sonho; a realidade o perseguia já com as palavras de *zio* Portòlu, que dizia ao pequeno Berte: – Ah, você quer ser pastor, pequeno pombo? E por que quer ser pastor? Não sabe que os pastores dormem muitas vezes ao relento e passam frio? Está vendo *zio* Elias? Tornou-se padre; porque se tivesse continuado pastor, teria morrido de frio. Não, faremos de você um doutor, não pastor. Ah, você não decidirá! *Zio* Farre o fará andar na linha, e se você não se comportar, *zio* Farre ficará bravo.

– E o que é aquilo? – perguntou Berteddu, indicando uma árvore, sem escutar as palavras do avô.

Mas Elias tinha escutado aquelas enérgicas palavras, e tinha sido tocado na alma.

Desde aquele dia, o seu ciúme cresceu patologicamente: em vão ele tentava se controlar, em vão pensava: "Jacu Farre terá os seus filhos, e então se esquecerá, e talvez não amará mais o meu: então Berte será todo meu: eu o levarei para a minha casa, farei com que siga um bom caminho, eu o farei feliz".

Não. Não. Eram apenas sonhos. O presente o perseguia, a realidade era dura. Elias sofria; e era uma dor diferente de todas as outras sentidas até então, mas não menos profunda. Ele voltava a se desesperar e a repetir a lamentação de sempre: – Nunca terei paz; estou condenado. O que quer que eu faça será errado. E talvez eu tenha errado em não dar ouvidos a Maddalena; talvez Deus quisesse que eu consertasse o meu pecado, em vez de me dedicar indignamente a Ele. Ah, padre Porcheddu tinha razão: o pecado é uma pedra que nunca tiraremos de cima de nós; e eu estou condenado ao peso eterno da dor porque pequei gravemente.

Assim os seus dias continuavam a passar melancólicos e tormentosos. Ah, não era esta a vida quieta e santa com a qual ele tinha sonhado! Enquanto isso, esperava que de um dia para o outro ficasse vaga alguma paróquia nos vilarejos vizinhos, e que o mandassem para lá; e ele sabia, e sofria já pensando na distância. Com ele longe, Farre se casaria com Maddalena e tomaria posse completamente do menino. Era o fim, tudo estava acabado! Mas não, não, não estava tudo acabado. Não, ele sentia que mesmo de longe pensaria continuamente no seu filho, roendo-se de ternura, de desejo, de ciúmes, e que talvez começasse uma nova vida de paixão e de dor, bem diferente da vida que deveria levar.

Todos os dias, ia à sua casa, e estranhamente tentava ficar amigo do menino, levando-lhe doces, brincando com ele e mimando-o: percebia que isto era uma fraqueza, ou melhor, uma mesquinhez, já que era levado a agir assim não pelo seu amor paterno, mas pela necessidade de impedir que Berte se afeiçoasse a Farre; mas não podia agir diferente.

Porém, via com tristeza que Berte ficava bastante indiferente, apático e calado; quase nunca comia os doces, cansava-se logo dos brinquedos e das brincadeiras, e irritava-se por qualquer besteira. De qualquer modo, era assim com todos; e Elias percebia que o pequenino estava doente, e ficava arrasado em vê-lo assim e não poder curá-lo.

Mandou chamar um médico, não aquele levado por Farre, e sentiu uma triste satisfação quando o novo doutor diagnosticou que a criança tinha uma doença latente, que não era anemia, e prescreveu um outro remédio.

– Está vendo? – disse Elias a Maddalena, com um triunfo maligno nos olhos.

– Estou vendo! – ela respondeu tristemente, preocupada somente com o estado da criança.

O novo médico e o novo medicamento não impediram, porém, que a inflamação latente nos delicados órgãos internos da criança se manifestasse logo. Um dia padre Elias encontrou Berte deitado na cama do quarto do térreo; o menino tinha uma febre altíssima e delirava, com os olhinhos fundos e o rosto ardente. Maddalena estava ali com ele, consternada e desesperada, e *zia* Annedda já tinha recorrido aos seus medicamentos, a todos os santos, mas totalmente inúteis.

Ela tinha uma relíquia especial para curar a febre: passou no corpo ardente da criança e recitou com fervor várias orações, para Deus, para o Espírito Santo, para Nossa Senhora da Misericórdia, para Nossa Senhora dos Remédios, para Maria de Valverde, para Maria do Monte, para Maria dos Milagres, para as Santas Almas, para São Basílio, para Santa Luzia, para o Santo Sangue, para os Santos Inocentes; mas a febre só aumentava.

Então chamaram novamente o primeiro médico; ele diagnosticou que o estado da criança era gravíssimo, mas não desesperador, se não pegasse tifo. Elias escutava, pálido, tenso perto da janela: naquele ponto viu Farre subir pela estradinha e cerrou instintivamente os punhos.

"Ele está vindo!" pensou. "Ele está vindo para aumentar a minha dor! Talvez a criança morra, e eu não possa me aproximar da sua cama, não possa lhe fazer os últimos carinhos, os últimos cuidados, enquanto tudo isto será permitido a ele. Ele está vindo! Então, eu vou embora, caso contrário, se ele entrar aqui e se aproximar da criança, do meu menino que está morrendo, não vou mais responder pelos meus atos."

Foi embora junto com o médico; no quintal encontraram Farre que se mostrou muito abalado e se informou do estado da criança.

– O menino está mal; deixe-o em paz junto com a mãe! – disse Elias com tom áspero.

Farre olhou para ele um pouco surpreso, mas não respondeu.

O médico convidou Elias para um passeio descendo a estrada; o jovem padre o seguiu com prazer; mas enquanto o outro falava, ele olhava distante, em direção ao fim do vale, com os olhos perdidos em um sonho doloroso. Via Farre sentado perto da cama da criança, e Maddalena triste e pálida, que se curvava sobre o pequeno doente, observando o seu crescente sofrimento. O noivo a confortava, depois estendia a mão para acariciar o pequenino e falava com ele amorosamente.

O médico, porém, falava de uma moça gorda e rosada que tinham encontrado perto da nascente.

– Dizem que ela é a amante do tal homem rico, aquela moça. Que quadril! Porém, não é bem feita, para ser sincero. Mas será realmente amante dele? O senhor ouviu falar disso, padre Elias?

Elias olhou para ele com raiva. Como o médico podia fazer aquelas perguntas, quando o seu filho estava morrendo e Farre fazia papel de pai?

– O que o senhor está me dizendo? – exclamou. – Por que o senhor está me fazendo estas perguntas?

– Mas não são perguntas que se fazem aos homens do mundo? Oh, não é um homem do mundo o senhor também?

Ah sim! Ele também era um homem do mundo! Infelizmente era ainda um homem do mundo e, como tal, sentia-se mordido pela dor, pelo despeito, pelo ciúme.

À tardinha, foi até Maddalena e encontrou-a desesperada porque o estado da criança era cada vez mais grave. Ela estava na cozinha preparando alguma coisa no fogão.

– A minha mãe está lá? – perguntou Elias, indo em direção ao quarto onde estava o menino.

– Sim.

Ele queria perguntar se Farre também estava lá, mas não podia. Sentia que ele estava lá, sentado ao lado da cama; via claramente seu corpo grande, sentia a sua respiração ofegante; e sentia uma angústia quase doentia. Porém, quando abriu a porta e viu Farre sentado ao lado da cama, com a sua grande figura um pouco debruçada para frente, silencioso, ofegante, assustou-se como se tivesse visto, de repente, uma assombração.

"A criança está morrendo, e ele está lá e não deixa que eu me aproxime, não me deixa vê-lo nem acariciá-lo!" pensou amargamente. De fato, aproximou-se com dificuldade dos pés da cama e olhou quase que timidamente para o doentinho.

– Está mal, está mal – disse Farre com dor, como que falando consigo mesmo.

Elias parou um momento, depois saiu sem dizer uma palavra. Passou uma noite horrível, e no dia seguinte de manhã por um tempo ficou de novo lá: atravessando a estradinha, iludia-se pensando que encontraria a criança melhor, e o seu rosto iluminava-se de esperança. Entrou, com passo ágil atravessou o quintal, a cozinha, empurrou a porta. E logo o seu rosto empalideceu. Farre estava de novo lá, sentado ao lado da cama do menino, com sua grande figura inclinada para frente, silencioso, ofegante.

Maddalena chorava. Assim que viu Elias, veio até ele, enxugando as lágrimas com o avental, e soluçando disse-lhe que a criança estava morrendo. Elias olhou-a de cima a baixo, lívido, sério; não avançou um passo, não falou; e pouco depois saiu. *Zia* Annedda seguiu-o até a cozinha, depois até o quintal e perguntou-lhe hesitante: – Elias, meu filho, o que você tem? Você também está doente?

Ele parou perto da porta, virou-se, e palavras amargas contra Farre e contra Maddalena, que permitia ao noivo estar sempre lá perto do doentinho, vieram-lhe aos lábios; mas viu o pequeno rosto de sua mãe tão pálido, tão angustiado, que sussurrou: – Não, não me sinto mal. – E foi embora.

– O que será que ele disse? Não ouvi – disse para si mesma *zia* Annedda. – Será que ele também está doente? O que ele tem? Ajude-nos, meu São Francisco!

A partir daquele momento, começou para Elias uma verdadeira obsessão. Bastava ter um tempo livre que ia sem falta, quase sem perceber, à sua casa. Mesmo antes de chegar à estradinha sentia que Farre estava lá no seu lugar; mas insistia em esperar o contrário e entrava. E a odiosa figura estava lá, sempre lá.

Pouco a pouco, foi tomado por uma espécie de delírio. Vinha com o desejo de inclinar-se sobre a criança, de beijá-lo, de tratá-lo com as suas mãos, de lhe dizer palavras afetuosas: parecia-lhe que a força do seu amor bastaria para curá-lo; e, ao contrário, vinha, e bastava simplesmente ver Farre para sentir-se paralisado; não ousava nem mesmo tocar a cabeça do pequeno doente, enquanto dentro de si gritava de dor e de raiva.

Na noite do sétimo dia da doença de Berte, *zia* Annedda foi em sua direção chorando.

– Não passará desta noite – sussurrou.

–Farre ainda está lá, mamãe?

– Não está.

Ele lançou-se para o quarto, afastou Maddalena que chorava silenciosamente ao lado da cama, e inclinou-se ansioso sobre a criança. E a criança estava morrendo; o rostinho, que era fofo e gracioso, estava lívido, muito magro, marcado por um sofrimento lacerante. Parecia o rosto de um velhinho moribundo.

Elias não ousou tocá-lo nem beijá-lo, completamente tomado por uma repentina perturbação. Como diante do cadáver do irmão Pietro teve a visão da morte, e percebeu que até aquele momento lhe tinha parecido impossível que Berte fosse morrer. Mas estava morrendo. Por que estava morrendo? Como estava morrendo? O que era a morte? O fim de todas as coisas, de todas as paixões? E, então, por que ele odiava Farre? Por que estava sofrendo?

"Meu filho, meu pequeno filho," disse gemendo para si mesmo "você está morrendo e eu não o amei, em vez de amá-lo, de cuidar de você, de tirá-lo da morte, perdi-me em um rancor em vão, em um ciúme em vão... E agora tudo está acabando, e não há mais tempo, não há mais tempo para nada..."

Foi tomado por um impetuoso desejo de tomar o pequenino nos braços, de levá-lo embora, de salvá-lo. Salvá-lo? Como? Não sabia como, mas parecia-lhe que bastava estender os braços, estender a sua pessoa sobre o corpinho da criança, para afastar a morte. Naquele momento, entrou Farre e se aproximou lentamente da cama: Elias sentiu o passo pesado, o hálito ofegante, e instintivamente se afastou.

Farre retomou o seu lugar; e mais uma vez Elias sentiu um obstáculo insuperável entre ele e a alma do seu filho que estava partindo. Foi para o fundo do quarto, ao lado da janela, e os seus olhos brilharam com um clarão verde fosco. Pensava delirando: "Por que ele está lá? Por que ele me tirou de lá? Ele me expulsou, ele me empurrou. Com qual direito? É seu ou meu o menino? É meu, é meu, não seu! Agora vou, arrebento-o de socos, aquele grande odre, expulso-o de lá, porque sou eu quem deve estar lá e não ele. Vou lá, vou lá, vou dar uns socos nele, eu vou matá-lo:

quero beber o seu sangue, porque eu o odeio, porque me tirou tudo, tudo, tudo, porque quando ele está, eu chego a desejar a morte do meu filho."

Mas por alguns minutos não se moveu do seu lugar; depois entrou na cozinha e disse à sua mãe: – Volto daqui a pouco – e foi embora rapidamente.

Voltando à sua cela, pareceu-lhe acordar de um sonho; e retomou consciência da sua vida, do seu estado e do seu dever. Ajoelhou-se e começou a rezar e a pedir perdão a Deus pelo seu delírio.

– Perdoa-me, Senhor, perdoa-me pela vida eterna, porque nesta não sou digno de perdão. Eu não descansarei nunca; estou condenado a sofrer, mas todo castigo é pouco pelo erro que cometi. Sim, sim, faça-me sofrer como mereço, mas dê-me a força de cumprir os meus deveres, tire-me do coração toda paixão vã. De minha parte, prometo que farei de tudo para me vencer: vivendo ou não o menino irei vê-lo o mínimo possível. Será que é meu? Não. Eu não devo ter nada nesta terra; nem filhos, nem parentes, nem bens, nem paixões. Devo ser só; só diante do Senhor, meu Deus, Senhor grande e misericordioso.

Mas uma hora depois lhe avisaram com pressa que ele deveria ir à sua casa; e ele correu, pálido e com o coração acelerado. Era noite; uma noite de outono, esfumaçada, silenciosa: a lua nadava lentamente entre tênues vapores, circundada por uma imensa auréola de ouro desbotado; um silêncio profundo, uma paz misteriosa e triste, algo de misterioso estava no ar.

Elias sentia que o menino tinha morrido, e quando entrou na cozinha viu, de fato, sentada perto do fogão, Maddalena que chorava tragicamente, apertando a cabeça entre as mãos. Parecia uma escrava de quem tinham tirado tudo, liberdade, pátria, ídolos, família. Elias sentiu a imensa dor da mulher, e pensou: "Neste momento, ela talvez acredite que a perda do menino seja o castigo da sua culpa; e não sabe que, pelo contrário, desta dor ela sairá purificada e que encontrará o caminho do bem. Os caminhos do Senhor são grandes, são infinitos!". Mas enquanto pensava assim, olhava em volta pela cozinha um pouco escura e, entre as poucas pessoas que estavam ali, não via Farre, e pensava com dor que talvez o homem ainda estivesse lá, ao lado do menino morto.

Entrou. Farre não estava lá. Somente *zia* Annedda, palidíssima, mas calma, sem chorar, sem fazer barulho, lavava e vestia o menino morto. Elias ajudou-a um pouco: da caixa pegou as meias e os sapatinhos do menino, e calçando-o sentiu que os pés sem sangue, afinados pela doença, estavam ainda macios e quentes.

Enquanto o corpinho não foi vestido e acomodado entre os travesseiros, e enquanto *zia* Annedda permaneceu lá, Elias manteve-se calmo, mas assim que ficou só, sentiu um arrepio em todo o seu ser, sentiu o rosto e as mãos ficarem frios, e ajoelhou-se e escondeu o rosto na coberta da cama.

Finalmente, finalmente estava a sós com o seu filho; ninguém mais podia tirá-lo dele, ninguém mais podia colocar-se entre eles. E na sua infinita aflição, sentia cair um tênue véu de paz, e quase de alegria — parecido com o sereno daquela misteriosa noite de outono — porque a sua alma se encontrava finalmente sozinha, purificada pela dor, sozinha e livre de qualquer paixão humana, diante do Senhor grande e misericordioso.

A Autora

GRAZIA DELEDDA nasceu em 27 de Setembro de 1871, em Nùoro (Sardenha – Itália), centro de grande força cultural. Foi a quinta de sete filhos. Veio de uma família rica e isto lhe deu a possibilidade de continuar a sua instrução como autodidata, após os limitados estudos que eram permitidos às mulheres no fim do século XIX. Dedicou-se muito ao aprendizado do italiano, que para ela, sendo sarda, era uma segunda língua.

Contrariada pela sua família e pela comunidade de Nuoro, iniciou fazendo algumas publicações sob pseudônimo.

Sempre foi pró-ativa e logo enviou propostas a diversas revistas sardas e de toda a Itália. No primeiro período de sua carreira de escritora, dedicou-se com paixão aos estudos das tradições populares sardas. Todo o material recolhido sobre o folclore sardo manifesta-se em suas obras.

Com pouco mais de vinte anos, já colaborava com numerosas revistas de todo o país, já havia publicado vários contos e os primeiros romances. Seu primeiro conto, *Sangue sardo*, foi publicado em 1888 na revista romana "Ultima moda" e, neste mesmo ano, o seu primeiro romance, *Memorie di Fernanda*. Em 1890, publicou sua primeira coleção de histórias, *Nell'azzurro*.

A partir de 1895, iniciou a colher os frutos de seu trabalho. O romance *La via del male* foi recebido com sucesso pela crítica e, então, seus romances começaram a ser traduzidos no exterior.

Em 1900, casou-se e mudou-se para Roma, de onde nunca mais saiu, somente para breves viagens.

A partir deste período, publicou quase um livro por ano. Seus romances foram mais de trinta e seus contos aproximadamente quatrocentos. Para recordar alguns: *As indecisões de Elias Portòlu* (1900), *Cinzas* (1903), *L'edera* (1908), *Caniços ao vento* (1913), *L'incendio nell'oliveto* (1918), *La danza della collana* (1924).

Almejava ter um público de toda a Itália para que conhecessem a Sardenha. Suas obras foram todas escritas em italiano, apesar de usar muitas expressões e palavras em língua sarda, que eram evidenciadas e traduzidas pela própria autora.

Seu interesse pela profundidade dos personagens mostrou aos críticos uma semelhança ao romance decadente e simbolista. Por sua vez, suas representações da vida da província sarda foram comparadas aos romances realistas.

Com o amadurecimento, abandonou o amplo panorama da literatura europeia para dedicar-se quase que exclusivamente à sua terra, que ainda não possuía uma estética sob o ponto de vista literário.

Grazia Deledda, sempre consciente da vanguarda de suas obras, teve o seu sonho de tornar-se uma escritora coroado em Estocolmo em 1927, quando recebeu o Nobel de Literatura «*for her idealistically inspired writings which with plastic clarity picture the life on her native island and with depth and sympathy deal with human problems in general*».

Os romances mais maduros tiveram um público muito amplo também a nível europeu, pois mesmo tendo o cenário privilegiado da Sardenha, tratam de dramas universais, como paixão, desejo, pecado e culpa. Os personagens estão sempre ao centro de um conflito de desejos e tabus. Lutam contra as proibições impostas pela sociedade, princípios religiosos, velhos códigos comportamentais e também contra as forças da própria consciência, sempre em jogo entre o desejo de vida e o sentido de culpa. Mas quase sempre são derrotados pelo destino, ao qual não conseguem opor-se.

Estes temas, provenientes de inúmeras leituras da autora, são enriquecidos pelo cenário das paisagens sardas, sempre ao centro de sua escritura como verdadeiras protagonistas.

Nos dez anos sucessivos ao recebimento do prêmio Nobel, suas obras continuaram com um forte rítmo: *Annalena Bilsini* (1927), *Il vecchio e i fanciulli* (1928), *Il paese del vento* (1931), *L'argine* (1934), *La chiesa della solitudine* (1936). Também foi muito consistente o número de obras traduzidas.

Grazia Deledda faleceu em Roma em 15 de Agosto de 1936 e está sepultada em Nuoro, na Chiesa della Solitudine.

Em 1936, foi lançado seu romance póstumo de caráter autobiográfico, *Cosima*, precioso legado sobre a sua juventude e o seu percurso como escritora.

A série "Le Grazie"

Memorie di Fernanda, 1888
Nell'azzurro, 1890
Stella d'oriente, 1890
Fior di Sardegna, 1891
Racconti sardi, 1894
Tradizioni popolari di Nuoro in Sardegna, 1894
Anime oneste, 1895
La via del male, 1896
L'ospite, 1897
Il tesoro, 1897
Le tentazioni, 1899
La giustizia, 1899
Il vecchio della montagna, 1899
Elias Portolu, 1900
La regina delle tenebre, 1901
Dopo il divorzio, 1902
Cenere, 1903
Nostalgie, 1905
I giuochi della vita, 1905
Amori moderni, 1907
L'ombra del passato, 1907
Il nonno, 1908
L'edera, 1908
Il nostro padrone, 1910
Sino al confine, 1910
Nel deserto, 1911
Chiaroscuro, 1912
Colombi e sparvieri, 1912
Canne al vento, 1913
Le colpe altrui, 1914
Il fanciullo nascosto, 1915
Marianna Sirca, 1915
L'incendio nell'oliveto, 1917-1918
Il ritorno del figlio, 1919

La madre, 1919
Il segreto dell'uomo solitario, 1921
Il Dio dei viventi, 1922
Il flauto nel bosco, 1923
La danza della collana, 1924
La fuga in Egitto, 1925
Il sigillo d'amore, 1926
Annalena Bilsini, 1927
Il vecchio e i fanciulli, 1928
Il dono di Natale, 1930
La casa del poeta, 1930
Il paese del vento, 1931
La vigna sul mare, 1932
Sole d'estate, 1933
L'argine, 1934
La chiesa della solitudine, 1936
Cosima, 1936

Todos os títulos estão disponíveis em formato e-book (epub, Kindle).

www.ingramcontent.com/pod-product-compliance
Lightning Source LLC
Chambersburg PA
CBHW061243170626
46809CB00007B/2803